Charmed

LE VIOLON ENSORCELÉ

Traduit de l'américain
par Florence Mantran
et adapté pour l'édition jeunesse
par Nouannipha Simon

Charmed

Le violon ensorcelé

Un roman original de Carla Jablonski
d'après la série télévisée « Charmed »
créée par Constance M. Burge

Édition Jeunesse

POCKET
jeunesse

Titre original :
The Gypsy Enchantment

Série proposée par Patrice DUVIC

Loi n° 49-956 du 16 juillet 1949 sur les publications destinées à la jeunesse : février 2003.

ISBN 2-266-13002-1

CHAPITRE 1

Prue sentait une présence dans son dos. L'ombre projetée au sol lui confirma son pressentiment : il y avait bien quelqu'un ou quelque chose derrière elle… C'était une masse informe, surmontée de deux énormes têtes.

— Il ne manquait plus que ça, soupira la jeune femme. Je suis déjà en retard…

Se retournant brusquement, elle lança un de ses escarpins sur l'intrus.

— Hé, baisse-toi, Piper ! cria Phoebe en tirant sa sœur vers le sol.

— Et vous pensiez me faire peur ? lança Prue aux deux jeunes femmes. Avec tous les démons que j'ai vus dans ma vie ! Vous êtes ridicules, les filles.

Pourtant, elle ne put s'empêcher de sourire en voyant leur accoutrement : une combinaison de mécano rembourrée et un nez de clown. Où avaient-elles bien pu trouver ces perruques bouclées orange vif et ces chapeaux grotesques ?

— Pas la peine d'insister, ajouta Prue d'un air amusé.

— Ce n'est pas juste, gémit Phoebe. Laisse-nous t'accompagner, s'il te plaît, s'il te plaît.

— JE-NE-PEUX-PAS-VOUS-EMMENER !

415, le magazine pour lequel Prue travaillait, l'avait chargée d'un reportage sur la Cavalcade, un cirque installé depuis peu dans le parc Golden Gate. En collaboration avec Kristin McMillan, une journaliste, elle allait donc passer la semaine entière au milieu des artistes et des paillettes.

— Et, franchement, j'ai hâte que ces huit jours soient passés, ajouta-t-elle.

— Comment peut-on ne pas aimer le cirque ! s'indigna Piper. C'est magique ! Regarde !

Elle se lança alors avec Phoebe dans une improvisation de grimaces et de gags.

— Arrêtez de faire les clowns, je dois partir.

— D'accord, admit Piper. Mais reconnais qu'on t'a fait sourire. On a du talent, non ?

— Laisse-nous t'accompagner, supplia Phoebe en lui jetant un regard de chien battu.

— Six ans d'âge mental, voilà ce que je vous donne, répliqua Prue en allant récupérer son escarpin à l'autre bout de la pièce. Bon, vous pouvez venir, si vous ne traînez pas : je suis déjà en retard.

— Génial ! s'écria Piper. Je savais bien que tu finirais par craquer.

— Tu es un amour ! ajouta Phoebe. On te revaudra ça.

Elles disparurent de la chambre de leur aînée pour aller se changer.

J'espère que je ne vais pas le regretter, songea Prue en coiffant son épaisse chevelure brune. *J'ai vraiment autre chose à faire que surveiller mes sœurs...*

Elle ne partageait pas du tout l'engouement de Phoebe et Piper pour le monde du cirque, et aimait encore moins les clowns... Sans raison précise, cet univers d'acrobates et de dompteurs de fauves lui donnait la chair de poule.

Après tout, qui se cachait derrière ces costumes stupides que portaient les clowns ? Quel intérêt y avait-il à entrer dans la cage d'un fauve ou à poser trois chaises en équilibre sur son menton ?

Avant de sortir de sa chambre, Prue vérifia qu'elle n'avait rien oublié. Son appareil photo était bien rangé avec ses accessoires dans sa sacoche, ainsi qu'une série de pellicules. Dans son sac, elle avait glissé peigne, rouge à lèvres, bonbons à la menthe et portable. Il ne lui restait plus qu'à mettre la main sur ses clés, embarquer ses sœurs et filer.

— Je suis prête ! lança Phoebe sur le pas de la porte. Tu vois, adieu les clowneries et bonjour le glamour !

La jeune fille avait en effet troqué la salopette trop large pour un jean noir et un petit haut bleu sexy.

— Qui comptes-tu séduire dans cette tenue ? les éléphants ?

— Tu plaisantes ! Un cirque, c'est plein d'athlètes superbes, avec des muscles d'enfer.

— Je ne t'emmène pas dans un club de rencontre ! Tu ne comptes pas sérieusement te trouver un petit ami là-bas ?

— La plupart des garçons que je rencontre s'avèrent être des clowns. Au moins, cette fois, je n'aurai pas de mauvaise surprise.

Piper les rejoignit, rayonnante dans une robe rouge et blanche à fines bretelles.

— Laisse-la rêver un peu, Prue. Ça ne mange pas de pain…

— À propos de manger, reprit celle-ci, je passerais bien chez *Muffin Madness*. J'ai une faim de loup, et je ne suis pas sûre qu'on trouve de quoi grignoter au cirque.

Une fois dehors, Prue poussa ses sœurs dans la voiture, s'installa au volant et démarra. Quelques minutes plus tard, elles quittaient le salon de thé, chargées de croissants, de muffins et de boissons chaudes.

— Au fait, demanda Piper en sirotant son café, pourquoi vas-tu faire des photos là-bas ?

Sans quitter la route des yeux, Prue expliqua :

— Je fais un reportage sur les coulisses du spectacle.

— Les coulisses ! s'exclama Phoebe, assise à l'arrière. Ça veut dire qu'on pourra se balader partout ? C'est la fête !

— Ça veut dire que *je* pourrai me balader partout, corrigea Prue. Le propriétaire, M. Amalfi, espère ainsi vendre plus de places de spectacle. Cette autorisation est exceptionnelle.

— Ah bon ? s'étonna Piper.

— Personne ne met les pieds dans les coulisses d'un cirque, d'habitude. Kristin m'a d'ailleurs dit qu'il fallait s'attendre à ce que les artistes et les employés ne se montrent pas très coopératifs avec nous.

— Kristin ? répéta Phoebe. On la connaît ?

— Kristin McMillan… Les cheveux blonds et courts, plutôt très dynamique.

— Ah, je vois… Le genre majorette qui veut tout gérer.

— Exactement. Elle croit que tout le monde est à sa disposition.

— Tu ne la portes pas dans ton cœur, observa Piper.

— Non, pas exactement. Enfin… Disons plutôt que nous avons deux personnalités incompatibles.

— Tu vois que tu as besoin de nous, reprit Piper d'un ton espiègle. On pourra t'empêcher de la jeter dans la cage aux lions.

— Vous ne serez pas trop de deux pour me retenir, admit Prue alors que leur voiture pénétrait dans l'enceinte du parc. Il m'arrive d'avoir envie de l'étrangler !

— C'est agréable de se sentir indispensable, tu ne trouves pas, Piper ? interrogea Phoebe d'une voix rêveuse.

C'est vrai qu'on a besoin les unes des autres. Être sorcières nous a rapprochées, songea Prue avec amusement.

Avant que les sœurs Halliwell ne découvrent leurs pouvoirs, elles ne s'entendaient pas très bien. Depuis, un lien étrange et puissant les unissait, leur permettant de surmonter leurs différences.

Prue vérifia les indications données par Kristin puis se gara dans le parking, non loin des caravanes des artistes. Excitées comme des puces, Piper et Phoebe se précipitèrent hors de la voiture avant même qu'elle soit tout à fait à l'arrêt.

— Hé, attendez-moi ! leur cria Prue.

Mais elles s'élançaient déjà vers l'entrée des artistes… pour se voir stoppées net dans leur élan par deux colosses aux visages sévères.

— Où allez-vous comme ça, mesdemoiselles ? demanda l'un d'eux. Vous n'avez pas de badge. L'entrée est de l'autre côté et vous devrez acheter un billet comme tout le monde.

Prue sourit en voyant la mine dépitée de ses jeunes sœurs. Elle sortit son équipement du coffre et les rejoignit. Très vite, elle regretta d'avoir mis ses escarpins pour venir dans un tel endroit : le terrain était boueux et, une fois à l'intérieur, elle n'allait trouver que de la sciure ou du sable. *J'aurais dû le prévoir*… se reprocha-t-elle.

Elle s'avança néanmoins avec assurance vers les gardiens qui venaient de refouler ses sœurs.

— Prue Halliwell.

L'homme consulta une liste de noms.

— Kristin McMillan vous attend dans la caravane des cuisines, à gauche au bout de cette grande allée. Elle y prend le petit déjeuner avec quelques artistes.

— Merci.

Restait à faire rentrer Phoebe et Piper. Kristin leur obtiendrait certainement un passe, se dit-elle. Mais Phoebe régla le problème en un tour de main. Elle attrapa l'appareil photo de Prue et annonça avec aplomb :

— Nous sommes les assistantes de Miss Halliwell.

Comme les deux hommes la dévisageaient d'un air sceptique, elle ajouta :

— Vous savez, c'est une diva. Elle s'est cassé un ongle, alors vous imaginez…

— Oui, renchérit Piper, elle ne peut plus porter son matériel.

— Au moins, enchaîna Phoebe, ça nous donne du travail.

Prue manqua éclater de rire, pourtant elle décida de jouer le jeu.

— Quand vous aurez fini de jacasser... vous pourrez vous occuper de mes chaussures. Vous ne voyez pas qu'elles sont pleines de boue ?

Aussitôt, Piper trouva un Kleenex dans son sac et se précipita aux pieds de sa sœur.

Convaincu, l'un des vigiles tendit deux petits cartons blancs plastifiés à Prue.

Phoebe et Piper s'empressèrent de les épingler sur leur poitrine, et elles pénétrèrent dans l'enceinte du cirque. On aurait dit deux petites filles dans la caverne d'Ali Baba !

Prue balaya les lieux du regard. La Cavalcade occupait une bonne partie du parc Golden Gate avec ses nombreuses roulottes et autres installations. On apercevait au loin le sommet du grand chapiteau.

— C'est un véritable labyrinthe, ici ! s'exclama la jeune femme. Allons retrouver Kristin près des cuisines. Enfin... encore faut-il ne pas se perdre en chemin !

— Prue ! appela alors une voix cristalline.

Kristin McMillan se tenait devant une caravane un peu plus loin sur la gauche. Elle était entourée de personnages en justaucorps et froufrous bariolés.

— Par ici ! leur lança Kristin.

Prue trouva ridicule le tailleur rose vif de la journaliste. Comment pouvait-elle porter des couleurs aussi criardes ? Cela dit, elle ne détonnait pas au milieu des clowns avec qui elle bavardait.

— Maintenant, fini de rire, maugréa Prue en s'avançant vers eux.

— Tu es quand même bizarre, lui glissa Piper. Tu es capable de botter les fesses à un démon, mais tu ne supportes pas d'approcher un clown.

— Je préfère affronter mille démons plutôt qu'un seul clown. Et je ne blague pas.

— Ne parle pas de malheur, lui reprocha sa sœur. On a eu notre compte de créatures démoniaques, non ?

Prue laissa échapper un profond soupir. Phoebe avait raison. En appeler aux démons, même en plaisantant, n'était pas sans danger.

CHAPITRE 2

— Tu es pile à l'heure ! s'écria Kristin.

À quelques pas derrière leur sœur, Phoebe et Piper affichaient l'air le plus professionnel possible.

Il y avait trois clowns avec la journaliste : un grand avec une perruque rouge et un chapeau, une femme rondelette en robe violette et un élégant personnage au maquillage élaboré. Prue pensa d'abord qu'il portait un masque mais, en s'approchant, elle constata que son visage était recouvert d'une sorte de pâte aux reflets argentés. L'effet était surprenant. Au lieu du costume habituel des clowns, large et coloré, il portait un smoking noir très près du corps, qui mettait en valeur sa silhouette souple et longiligne. Son profil lunaire troublait la jeune femme. Quelle ne fut pas sa surprise quand il lui tendit d'un geste gracieux un joli bouquet de marguerites en papier !

— Oh… merci.

Prue n'en fut que plus embarrassée. Brusquement, le clown femme lui arracha les fleurs des mains et s'en servit pour battre l'homme à la face de lune. Le troisième larron intervint alors et les sépara à grand renfort de grimaces. La petite boulotte se précipita sur la photographe et se lança dans un numéro ridicule de femme jalouse. Kristin assistait à la scène, écroulée de rire.

La farce n'était pas du goût de Prue, ce qui amusa d'autant plus ses sœurs. Piper s'avança vers la femme et lui souffla :

— Méfiez-vous, elle va essayer de vous piquer votre petit ami.

— Piper !

Quant à Phoebe, elle s'approcha de l'homme au visage de lune et lui chuchota :

— Vous l'avez conquise !

Aussitôt, le clown élégant se jeta aux pieds de Prue et fit mine de lui demander sa main. Sa partenaire revint à la charge et embrassa son amoureux avec frénésie tandis que le grand clown tentait à nouveau de les séparer. N'y parvenant pas, il finit par attraper la femme par le col, la soulever et l'installer sur ses épaules.

Prue applaudit en espérant que cela mettrait fin à ce spectacle grotesque. Phoebe, Piper et Kristin joignirent avec enthousiasme leurs applaudissements aux siens.

La femme clown sauta à terre et bondit prestement dans les bras de l'homme à la face de lune. Ils gardèrent cette posture sous les acclamations de leur jeune public.

— Magnifique ! s'écria Kristin. Tu ne trouves pas, Prue ?

— Oui... murmura-t-elle sans grande conviction.

— Je m'appelle Kaboodle, annonça le grand clown en lui tendant la main. Et voici ma femme, Masha.

— Et lui, c'est Sacha, enchaîna-t-elle en se tournant vers leur compagnon.

— Kaboodle et Masha sont les plus anciens ici et ce qu'ils font est exceptionnel, expliqua Kristin.

— Cela fait plusieurs années que nous travaillons ce numéro, poursuivit le grand clown. Nous offrons aussi ce spectacle aux enfants hospitalisés dans chaque ville de la tournée.

— Les gamins adorent, intervint Masha.

— On aimerait que Sacha se joigne à nous, mais il se fait un peu tirer l'oreille. N'est-ce pas, Sacha ?

Comme celui-ci gardait le silence, Prue se demanda s'il n'était pas muet.

— Ne faites pas attention à lui, reprit Masha. Il est du genre silencieux. On a tous un signe distinctif : je suis ronde, Kaboodle est grand, Sacha est...

— Silencieux ? coupa la jeune femme.

En guise de réponse, Sacha esquissa un sourire et la salua d'un léger signe de tête.

— La plupart des artistes refusent de dévoiler leur véritable identité devant ceux qu'ils considèrent comme des étrangers, fit observer Kaboodle.

— Ne le prenez pas mal. Même nous, nous ne savons pas tout, ajouta Masha en indiquant le clown au profil lunaire. Je ne l'ai jamais vu sans son maquillage. Toutes les filles ici se demandent s'il est aussi beau qu'il en a l'air. Pas vrai, Sacha ?

Ce dernier se contenta de lever les yeux au ciel et leur adressa un sourire espiègle. Puis il se mit à danser autour des jeunes femmes. Ravies, Phoebe et Piper firent mine de tomber en pâmoison.

— Je vois que vous êtes des actrices-nées, lança Kaboodle en éclatant de rire.

— Je ne vous le fais pas dire, renchérit Prue. De vrais pitres !

Phoebe fit la moue tandis que Piper jetait un regard noir à sa grande sœur chérie.

— Bon, intervint Kristin, trêve de plaisanteries ! On a beaucoup de travail. Il nous reste plusieurs interviews à faire dans la journée.

Le temps était radieux, aucun éclairage spécial ne fut nécessaire ; Sacha, Masha et Kaboodle se prêtèrent avec enthousiasme à la séance de photos.

— Parfait, dit la journaliste en consultant son bloc-notes. Il nous faudra aussi des clichés avec le public.

— J'ai pensé qu'on pourrait faire des séries de portraits en noir et blanc pendant les interviews et des séries en couleurs lors des représentations, annonça Prue.

— Excellente idée. Ça nous donnera des ambiances différentes. À notre programme d'aujourd'hui : M. Amalfi, le propriétaire du cirque, et Ivan le Violoneux, la grande vedette.

— Ivan… ? laissa échapper Sacha en lâchant le haut-de-forme qu'il tenait à la main.

Toutes les têtes se tournèrent vers lui. *Tiens,* songea Prue, amusée, *il a une langue, finalement.*

— Tu y vois un inconvénient ? demanda Masha.

— Pourquoi ne pas interviewer les Cantonelli Volants plutôt ? Ils ont un spectacle de voltige hallucinant. Je crois que ce serait bien plus intéressant…

Prue sentait une pointe d'inquiétude dans sa voix. Pour quelle raison leur rencontre avec cet Ivan contrariait-elle Sacha à ce point ? Était-ce la jalousie ? Il devait y avoir toutes sortes de rivalités entre artistes.

— Pourquoi est-ce qu'on ne pourrait pas lui parler ? finit-elle par demander.

— Le show d'Ivan est le clou du spectacle, coupa Kristin. Nous ne pouvons pas nous passer de son interview.

— Pardonnez-moi, fit Sacha en les saluant d'un signe de tête. Je n'ai pas à me mêler de cela, mais… Ivan attire les ennuis… Soyez prudentes.

Si ce n'est que ça, on a l'habitude ! se dit Prue. Ce fut alors qu'elle surprit un échange de regards entre Kaboodle et Masha.

— C'est vrai, ce qu'affirme Sacha ? interrogea-t-elle. Pourquoi faut-il éviter Ivan ?

Le clown hocha la tête d'un air ennuyé.

— Il y a des gens qui pensent qu'Ivan est victime de malchance, cette saison. Il est arrivé des choses…

— Certains croient qu'on lui a lancé un mauvais sort, renchérit son partenaire.

— Ne commence pas avec ça, Sacha… le rabroua Masha.

— Je ne fais que répéter ce que tout le monde sait déjà, insista-t-il.

— Le Bohémien Maudit, voilà un sujet d'enfer ! s'exclama Kristin. On nage en plein cœur des superstitions liées au cirque ! Génial !

Prue leva les yeux au ciel, excédée. Kristin consulta sa montre.

— Ivan nous attend dans sa caravane. On y va !

Prue photographia ses deux sœurs en train de chahuter avec les clowns avant de suivre la journaliste.

Comme elle réunissait son matériel, Piper s'approcha d'elle et demanda :

— Alors, grande sœur, ce n'était pas si terrible, finalement ?

— Ça ira, je survivrai, convint-elle.

— Ils sont trop mignons, tous ! s'exclama Phoebe. Je sens qu'on ne va pas s'ennuyer ici !

— Vous avez vos passes ? s'enquit Prue.

— Oui, répondirent-elles en chœur.

— Alors, on se retrouve après le spectacle, devant l'entrée des artistes.

— D'accord, à tout à l'heure !

— Prue, tu viens ? l'appela Kristin.

— J'arrive, répondit-elle.

Elle sentit son pied s'enfoncer dans quelque chose de mou.

Une crotte d'éléphant... !

Super... Si cet Ivan porte vraiment la poisse, je n'ose pas imaginer ce qui m'attend !

CHAPITRE 3

Piper inspira profondément. Il flottait autour d'elle des effluves de barbe à papa et de pop-corn au caramel qui lui rappelaient son enfance. Elle aimait sentir la chaleur du soleil sur ses bras nus et se promener au milieu d'une foule joyeuse et animée.

Comment Prue pouvait-elle détester le cirque ? Piper avait l'impression de retrouver ses dix ans. Cela faisait du bien de se détendre, sans avoir à se soucier des démons et autres créatures du mal qui menaçaient le monde.

Elle se tourna vers Phoebe. Sa sœur semblait apprécier autant qu'elle cette soudaine impression de liberté.

— Hé, jolie demoiselle, voulez-vous un chapeau ?

C'était un adorable jeune garçon au sourire éclatant qui confectionnait des animaux en ballons. Il lui posa sur la tête un cygne aux reflets bleu marine.

— Voilà. Vous êtes ravissante !

Piper fouilla dans son sac et lui tendit un billet.

— Oooh, où as-tu trouvé ça ! s'exclama Phoebe en la rejoignant. C'est super, et ça te ressemble tellement !

— Ah, une autre jolie demoiselle ! lança l'adolescent. Attendez, je vous prépare quelque chose de spécial.

En moins de trente secondes, la jeune femme se retrouva coiffée d'une girafe rose.

— Tu vois ? fit Piper. Impossible de lui résister.

— Tu as raison, c'est magnifique, convint-elle en glissant un billet dans la main du jeune garçon.

— Je ne pourrais pas avoir votre numéro de téléphone à la place ?

— Désolée, sourit Phoebe. Il faut que tu grandisses encore un peu !

Elle passa son bras sous celui de sa sœur et toutes les deux s'éloignèrent en riant.

— Cet endroit est bourré de beaux garçons, commenta Phoebe en faisant un clin d'œil à Piper.

— Vous voulez tenter votre chance ?

C'était un superbe jeune homme, incroyablement musclé, qui leur tendait trois petits cerceaux. Irrésistiblement attirée par son sourire, Phoebe s'approcha de son stand.

— Pourquoi pas ? En quoi consiste votre jeu ?

— Ce sera plus facile si vous ôtez d'abord l'animal que vous avez sur la tête.

— Ah, oui, j'avais oublié… bredouilla-t-elle en se débarrassant de la girafe. Alors, que dois-je faire ?

— Ne vous laissez pas embobiner par Monsieur Muscle, les filles ! tonna alors derrière elles une voix de stentor. Je te vois venir, Jim, avec ton charme ravageur.

Piper jeta un coup d'œil par-dessus son épaule et eut un mouvement de recul. Un géant, tatoué des pieds à la tête, portant une chemise noire ouverte et trois anneaux d'or à l'oreille, venait de les rejoindre. Autour de son cou s'enroulait un énorme boa !

— Ne l'écoutez pas, mesdemoiselles. Il est tout simplement jaloux.

L'homme au serpent ne semblait pas avoir conscience de la peur qu'inspirait son compagnon et s'avançait d'un pas désinvolte vers les sœurs Halliwell. Piper se demandait si elle n'allait pas avoir recours à ses pouvoirs magiques pour le figer sur place.

— Méfiez-vous du beau Jim, les prévint-il. Bonjour, je m'appelle Raphaël. À qui ai-je l'honneur ?

Les yeux rivés sur le reptile et sa langue fourchue, Phoebe était comme pétrifiée.

— C'est toujours la même chose, se lamenta Jim. Chaque fois que je tombe sous le charme d'une belle jeune femme, Raphie essaie de me la chiper.

— Ne soyez pas impressionnées par Isabella, reprit le géant tatoué en caressant son boa. Elle adore faire de nouvelles connaissances. C'est pas vrai, ma jolie?

Phoebe frissonna. Elle se demandait lequel l'impressionnait le plus, du maître ou du serpent.

— Elle... a l'air plutôt sociable, finit-elle par balbutier en reculant.

— Allez-y, ma belle, caressez-la, l'encouragea-t-il en lui brandissant l'animal sous le nez.

Stupéfaite, Piper vit Phoebe poser une main sur le serpent. Qui, aussitôt, s'enroula autour de son bras pour lui grimper jusqu'à l'épaule.

— À votre tour, déclara Raphaël en se tournant vers Piper.

— Heu... je ne crois pas que...

Par chance, elle entendit à cet instant une voix enfantine l'appeler.

— Il faut que j'y aille! Quelqu'un... on m'attend!

Saisissant cette occasion inespérée de s'éclipser, la jeune femme abandonna sa sœur aux mains de Raphaël.

— Piper, c'est moi!

— Jenny?

Piper ne s'attendait pas du tout à cette rencontre. La petite fille était accompagnée d'un bel homme à la silhouette mince et athlétique.

— Et... Dan? Mais, que fais-tu là?

La jeune femme ne s'était toujours pas remise de sa rupture avec Dan, quelques mois plus tôt. Comparé aux peines de cœur, combattre les démons lui semblait presque un jeu d'enfant. C'était Jenny, la nièce de Dan, qui avait mis les Halliwell en rapport avec leur beau voisin et Piper en était tombée follement amoureuse. Malheureusement, leur histoire avait tourné court à cause des sentiments qu'elle avait encore pour Léo. Piper savait au fond d'elle-même qu'elle avait eu raison de quitter Dan. Cela avait été la décision la plus difficile qu'elle ait eu à prendre, pourtant elle ne la regrettait pas.

Pourquoi les choses sont-elles toujours si compliquées ? songea-t-elle pour la millième fois.

La petite fille lui sauta au cou.

— Piper, c'est super de te voir ici ! Comme je suis contente !

— Bonjour, lui dit simplement Dan.

— Bonjour, répondit-elle en lui tendant une main timide.

— Je n'arrive pas à croire qu'on soit tombés sur toi ! s'exclama Jenny. Moi qui commençais à m'ennuyer !

— T'ennuyer, ici ?

— Oui, oncle Dan me prend pour un bébé. Comme si le cirque était de mon âge ! J'ai douze ans quand même !

— Je ne sais pas... Moi, ça me plaît.

— Ah, bon... Mais qu'est-ce que tu fabriques ici ?

— Prue fait un reportage photo sur le cirque. Grâce à elle, Phoebe et moi avons obtenu des passes qui nous permettent de nous promener partout.

— Vous pouvez entrer dans les coulisses ?

Le visage de la gamine s'illumina tout d'un coup.

— Oui, confirma Piper avec un petit sourire.

Du coin de l'œil, elle surveillait Dan qui restait muet. Depuis tout à l'heure, ils s'évitaient du regard.

— On peut rester avec Piper ? demanda Jenny à son oncle en se pendant à son bras.

— Je ne sais pas, hésita-t-il. Ces passes ne sont certainement pas valables pour tout le monde.

— Jenny peut rester avec moi et je la ramènerai après le spectacle.

— Pourquoi pas, si elle y tient.

— Oh, super ! s'écria la petite fille. Mais toi, oncle Dan ?

— Ne t'inquiète pas, je saurai m'occuper. Tâche d'être sage.

— Promis !

— Amusez-vous bien.

Il fixa Piper droit dans les yeux avant de tourner les talons et de se fondre dans la foule.

La jeune femme eut un pincement au cœur en le voyant s'éloigner.

N'y pense plus ! se réprimanda-t-elle. *C'est du passé et rien ne sert de remuer le couteau dans la plaie.*

— Pourquoi, oncle Dan et toi, vous n'êtes plus amoureux ? soupira alors Jenny.

— C'est comme ça, lui répondit Piper en cherchant Phoebe des yeux.

— Vous alliez bien ensemble. Et il était plus heureux avec toi. Maintenant, je le trouve triste.

Ne sachant quoi dire, la jeune femme préféra faire diversion.

— Regarde, des barbes à papa ! Tu en veux une ?

Sans attendre, Piper poussa doucement Jenny vers le stand. Elles choisirent deux parfums différents puis continuèrent à se promener dans les allées du cirque.

— C'est quoi, ça ? demanda soudain la fillette.

Elle montrait du doigt une caravane de toutes les couleurs, installée entre deux gros arbres. Il n'y avait pas de porte, mais un simple rideau de perles multicolores qui laissait voir une table bancale et deux chaises.

— On dirait la roulotte d'une voyante, expliqua Piper.

— Une voyante... ?

— Oui, une diseuse de bonne aventure, si tu préfères. Elle lit l'avenir dans les cartes.

— Chouette ! On peut y aller ? supplia Jenny.

Comme elles s'approchaient de la roulotte, une fille mince et musclée en sortit. Elle avait une queue-de-cheval et portait un sweat-shirt blanc et un collant parme.

Une vieille femme à la peau sombre et parcheminée la suivait. Elle était habillée selon la tradition bohémienne, d'une longue jupe évasée et d'un boléro aux couleurs chaudes. Des pièces d'or scintillaient sur le foulard qu'elle avait noué autour de son chignon. Malgré son âge, ses cheveux étaient d'un noir de jais.

— Merci, Olga, dit la jeune fille à la queue-de-cheval.

— Je te le répète, Miranda, fais attention ! lui lança la voyante d'une voix rocailleuse. Cet homme n'est pas fait pour toi. Et ce charme ne pourra pas te protéger des malheurs qu'il va t'apporter.

— Tu te trompes, Olga. Ce charme va agir, et il m'aimera, tu verras. Nous serons heureux ensemble, j'en suis certaine.

— Si vraiment tu aimes cet homme, tu auras besoin de mon aide, Miranda.

Indifférente aux avertissements de la bohémienne, la jeune fille se détourna. Elle aperçut alors Jenny et Piper. Elle rougit légèrement, puis disparut dans l'allée de caravanes.

— La bonne aventure, mesdemoiselles ?

Piper et Jenny échangèrent un regard amusé.

— Entrez. Venez visiter l'avenir. Venez voir Olga, elle vous dira tout.

— On y va ? demanda la gamine avec enthousiasme.

Devant l'hésitation de Piper, la voyante enchaîna :

— Vous voulez vous débarrasser d'un mauvais sort ? porter malchance à votre ennemi ? découvrir qui pense à vous ? Olga, la diseuse de bonne aventure, voit tout et sait tout !

Elle saisit un tambourin accroché à la porte de sa roulotte et se mit à en jouer. Tout sonnait faux, chez cette bohémienne. Piper ne ressentait aucune magie, aucun charme, et cela la rassura. Puisque Jenny insistait, pourquoi ne pas s'amuser un peu ? La vieille femme ne leur prédirait sans doute que du bonheur.

— D'accord. On y va !

— Oh, merci ! On peut voir l'intérieur de votre roulotte ?

— Ah, tu aimes mon *vardo* ?

Comme la petite fille ne semblait pas comprendre, Olga expliqua :

— Cela veut dire roulotte, en tzigane. Pour une bohémienne, inviter un gadjo – un étranger – dans son *vardo* est une marque de confiance. Il y a toujours des esprits qui planent dans un *vardo* et il vaut mieux ne pas les déranger. Entrez. Toi et ton amie, vous êtes les bienvenues chez moi.

— Cool ! Allez, Piper, viens !

La jeune femme suivit Olga et Jenny dans la roulotte. L'intérieur était tout aussi bariolé que le laissait présager la décoration extérieure. Les rideaux étaient tirés, tamisant la lumière du soleil, et un puissant parfum d'encens emplissait l'air. Des bouquets d'herbes diverses séchaient aux fenêtres.

Toutes sortes de pots et de grigris traînaient çà et là en un joyeux désordre.

Au milieu de la pièce se dressait une petite table recouverte de velours noir. Une boule de cristal y trônait, entourée de pétales séchés.

— Dépose de l'argent et je te dirai l'avenir, déclara Olga à Jenny qui s'était assise devant la table.

— Euh…

— Je m'en occupe, ma puce, intervint Piper en fouillant dans son sac. Combien pour tirer les cartes ?

— Cinq dollars pour commencer. Et plus, peut-être, si on approfondit les recherches.

Comme Piper lui tendait le billet, Olga lui prit la main et la garda un long instant dans la sienne. La bohémienne la fixa avec une intensité qui la mit mal à l'aise. Puis la voyante la lâcha et glissa l'argent dans sa poche.

Toute retournée, Piper s'assit derrière Jenny pendant que la vieille femme prenait place en face d'elles. Saisissant alors la paume de la petite, elle l'étudia un instant puis plongea son regard dans le sien.

— Je vois, déclara-t-elle d'une voix grave. Tu aimerais avoir des réponses à tes questions. Peut-être sur ton petit ami ?

— Je n'ai pas de petit ami, répondit Jenny en riant.

— Bien entendu. Je blaguais.

Piper étouffa un rire. *Ben voyons !*

— Que veux-tu savoir, mon enfant ?

— Hum… Ah, oui ! s'exclama-t-elle en se retournant vers Piper. Voilà ce que je voudrais savoir : est-ce que Piper et Dan vont ressortir ensemble ?

Olga prit quelques cartes puis les mélangea longuement avant d'en retourner une.

— Ah… je vois des cœurs brisés. N'est-ce pas ?

Piper croisa les bras et secoua négativement la tête.

La voyante retourna une autre carte.

— Là non plus, je ne vois rien de bon pour l'amour.

— Mais, est-ce qu'il va leur arriver quelque chose de bien ? s'impatienta Jenny.

De nouveau, les yeux d'Olga rencontrèrent ceux de Piper, et cette dernière haussa les épaules.

— Oui, bien sûr. Chacun des deux va trouver un nouvel amour.

Déçue, la petite prit un air boudeur.

— Et si tu demandais autre chose ? proposa alors Piper.

— Je ne sais pas…

— Je laisse les esprits me guider, leur suggéra Olga en poussant les cartes de côté et en tirant la boule vers elle.

Tout en l'effleurant des doigts, elle annonça :

— Je vois quelque chose à travers les brumes…

Sa voix se fit soudain grave et ne devint bientôt plus qu'un murmure. *C'est décidément une excellente actrice*, pensa Piper, de plus en plus amusée.

— Oui, oui... continua la vieille femme. Je pressens une grande victoire pour toi, mon enfant. Un événement positif. Une victoire, oui. Une victoire en amour ? dans une compétition sportive ? dans les études... ?

— Est-ce que mon équipe de foot va gagner le championnat ?

— Si tout se passe comme prévu, oui, lui assura Olga.

Comme c'est bien formulé, se dit Piper. *Quoi qu'il arrive, on ne pourra pas la prendre en défaut.*

Jenny rayonnait. Cette réponse lui convenait parfaitement.

— Chouette ! s'écria-t-elle. J'étais sûre qu'on finirait par les avoir !

— Et moi, je vois qu'on va louper le début du spectacle si on n'y va pas tout de suite ! intervint Piper.

— Bon, allons-y !

La petite fille se leva à la suite de Piper et remercia Olga.

— C'est toujours un plaisir d'annoncer de bonnes nouvelles, lui répliqua la bohémienne.

Piper et Jenny mirent quelques secondes pour se réhabituer à la lumière du jour. La jeune femme s'arrêta à quelques pas de la roulotte. Elle se sentait étrangement attirée en arrière.

— Attends-moi ici deux minutes, je voudrais laisser un petit pourboire à Olga.

De retour dans la caravane, elle trouva la vieille femme debout devant sa table, l'air sombre.

— Je sens un danger.

C'est incroyable, elle se laisse prendre à son propre jeu.

Soudain, Olga s'aperçut de la présence de Piper et la fixa avec une intensité inquiétante.

Elle s'approcha de la jeune femme et lui saisit la main.

— Il faut partir d'ici, mademoiselle… et surtout ne plus revenir.

CHAPITRE 4

Piper dévisagea la voyante d'un air stupéfait.

— Il faut partir. Vous êtes en grand danger. Ne restez pas ici.

— Mais pourquoi ? Je ne comprends pas... Vous devez vous tromper. C'est ma sœur, Prue, qui n'aime pas le cirque.

Olga se laissa tomber sur sa chaise.

— Je sens autour de vous une aura maléfique. Une énergie négative.

Piper ne put s'empêcher de frissonner.

Olga pouvait-elle deviner sa véritable nature ? Avait-elle le don de double vue ? Peut-être avait-elle percé le secret des Halliwell...

— Je sens la présence de forces démoniaques, continua la vieille femme. Vous ne pouvez les voir, mais elles sont là, autour de nous. Vous devez faire très attention.

— Pourquoi suis-je en danger ?

Olga ferma les yeux. Sa respiration bruyante s'accéléra et elle se mit à gémir doucement.

— Un maléfice puissant se prépare... souffla-t-elle. Vous êtes impliquée. Je ne peux rien vous dire de plus. Partez d'ici au plus vite.

Piper était perplexe. Tout cela commençait à lui faire peur.

— Bon... eh bien... merci pour l'avertissement. Je... la petite m'attend.

Elle sortit en laissant Olga marmonner des paroles incompréhensibles. Dehors, Jenny s'impatientait.

— Alors, qu'est-ce que tu fabriques ? Le spectacle va bientôt commencer.

— Oui, j'arrive... murmura la jeune femme en se rendant soudain compte qu'elle avait oublié de laisser un pourboire à la diseuse de bonne aventure.

De bonne *aventure ? Quelle ironie !*

Piper préféra ne plus y penser et entraîna la fillette vers l'entrée du cirque. Elle eut cependant la désagréable impression d'être observée. Elle se retourna et vit que la bohémienne, sur le pas de sa porte, la suivait des yeux. Lorsque leurs regards se croisèrent, la vieille femme lui fit un signe étrange de la main et disparut aussitôt dans sa roulotte.

Bizarre, bizarre. Je vais consulter le Livre des Ombres *pour voir si je trouve quelque chose sur les rites magiques tziganes. Qui pourrait bien me vouloir du mal ici ?*

Olga semblait – ou du moins prétendait – être bouleversée par ce qu'elle avait vu dans la boule de cristal. Si cette femme possédait de réels pouvoirs, Piper craignait qu'elle ait, par la même occasion, découvert qu'elle était une sorcière.

Ivan le Violoneux était incroyablement photogénique ! Prue était convenue avec Kristin de prendre les photos pendant l'interview afin de saisir les émotions de l'artiste sur le vif.

— C'est votre deuxième saison avec la Cavalcade. Que faisiez-vous avant cela ?

— Je tournais en Europe, avec des cirques plus petits. M. Amalfi a entendu parler de moi et m'a gentiment proposé un rôle important dans son spectacle.

Kristin consulta ses notes avant de poursuivre :

— Je vous trouve bien modeste. Selon M. Amalfi, vous étiez en passe de devenir une énorme vedette en Europe.

Ivan hocha la tête, et ses épaisses boucles brunes dégringolèrent en cascade sur son front.

— Il est trop aimable...

Le jeune homme se leva alors, se dirigea vers la kitchenette au fond de la roulotte et proposa aux deux journalistes :

— Aimeriez-vous une tasse de thé ?

— Non, merci, fit Kristin, tandis que Prue se contentait de faire non de la tête.

Avec une grâce désinvolte, il remplit une bouilloire et la posa sur la plaque chauffante.

Prue était impressionnée par l'aménagement soigné de la caravane. La décoration était simple et de bon goût. Il régnait une atmosphère de sérénité, avec toutefois une pointe d'originalité.

L'avantage d'être photographe, c'est que je peux le regarder autant que je le veux ! se félicitait la jeune femme avec un sourire. Avec son teint mat et ses pommettes saillantes, ses longs cils et ses yeux de braise, Ivan avait un charme magnétique. Un foulard de soie aux motifs bleu nuit lui barrait le front ; sa chemise ample, son pantalon noir et ses bottes de cuir lui donnaient l'air d'un pirate. Il avait aussi un anneau en argent à l'oreille.

Prue avait cessé de prendre des photos pendant qu'il préparait le thé. Elle se contentait de l'admirer dans l'objectif, jusqu'au moment où elle se rendit compte que le violoniste la fixait à son tour.

— Quel dommage de cacher un si beau visage, lui dit-il, charmeur.

— Qu... quoi ? balbutia-t-elle en abaissant son appareil.

Il sourit, révélant ainsi deux adorables fossettes. Prue se sentit fondre.

— Ah, voilà qui est mieux ! Maintenant, je vous vois.

La jeune femme lui rendit son sourire. *Et moi qui voulais refuser cette mission. Quelle idiote...*

— Il faut quand même que je fasse mon travail, bredouilla-t-elle en rougissant.

— Je vous en prie. Je suis tout à vous.

— Bon, intervint Kristin d'un air mutin, quand vous aurez fini de flirter, tous les deux... j'aimerais continuer cette interview.

Prue savait que sa collaboratrice raffolait des histoires d'amour. Elle avait même une réputation de marieuse ! Malheureusement, la journaliste avait aussi une passion pour les potins. Alors mieux valait se concentrer sur le travail, sinon toute l'équipe du *415* serait au courant de son attirance pour Ivan avant même qu'elle ait eu le temps de développer ses films.

— Votre collègue a raison, déclara-t-il avec un sourire. Le travail et la discipline avant tout. Mais il ne faut pas oublier le plaisir pour autant.

Oui, le plaisir...

— Dans votre spectacle, vous vous faites appeler Ivan, le Tzigane Violoneux, reprit Kristin. Êtes-vous réellement tzigane ? Ou est-ce seulement un nom de scène ?

— Non, je suis un vrai Tzigane. Un Rom, comme on dit chez nous. Il y a encore de nombreuses tribus bohémiennes à travers le monde. Ma famille a voyagé essentiellement en Europe de l'Est. Les Roms sont toujours sur les routes et pourtant la langue est restée la même malgré la diversité des pays traversés.

Prue se demanda si les origines tziganes d'Ivan n'étaient pas la cause de sa mauvaise réputation. Dans l'imaginaire collectif, les bohémiens sont toujours associés à toutes sortes de traditions magiques, sortilèges et divination…

— Que pensez-vous des malédictions liées aux Tziganes ? lui demanda-t-elle.

Le visage du jeune homme s'assombrit à cette évocation.

— J'en ai entendu parler, bien sûr.

— Vous y croyez ?

— Certainement pas, répondit-il en se passant nerveusement une main dans les cheveux.

Qu'il est beau ! songea Prue.

— Pendant des siècles, on a persécuté les Tziganes à cause de telles croyances, expliqua-t-il. On les a accusés de sorcellerie, on les a brûlés pour cela.

Nous avons un point commun. Certains de mes ancêtres ont connu le même sort…

Ivan se servit une tasse de thé et poursuivit :

— Dans ma famille, nous sommes très fiers de nos origines, mais nous nous tenons relativement à l'écart de ces histoires de magie. C'est pour cela que nous avons du mal à rester crédibles, parfois. Pour certains, nous renions une partie de notre culture ; pour d'autres, nous restons entourés de mystère.

— Évidemment, ce n'est pas facile, convint Kristin.

— Ma famille a réussi à rester en dehors de tout cela. Personnellement, je pense que cette prétendue magie des bohémiens n'est qu'une ruse destinée à dépouiller les gadjos.

— Les gadjos ? s'étonna la journaliste.

— C'est le terme rom pour parler des non-Tziganes.

La jeune femme s'empressa de prendre des notes et Ivan en profita pour jeter un regard à Prue… qui en frissonna de plaisir. C'était incroyable, l'effet qu'il lui faisait.

— Parlez-nous un peu de votre famille, enchaîna Kristin sans lever le nez de son bloc-notes. A-t-elle toujours été dans le cirque ?

— Celle de mon père a toujours travaillé avec les animaux. Du côté de ma mère, on fabrique des instruments de musique depuis plusieurs générations. Moi, j'ai mélangé un peu les deux.

Il se dirigea vers une petite armoire de bois peint et, avec précaution, en sortit un violon qu'il présenta aux deux jeunes femmes.

— Il est dans la famille depuis très longtemps. C'est le grand-père de ma mère qui l'a fabriqué. Moi, je me contente aujourd'hui d'en jouer.

— En quoi consiste votre numéro ? demanda Prue.

— Ivan présente un numéro extraordinaire avec les animaux, expliqua Kristin. Il ne faut pas rater ça. C'est absolument fantastique !

— Tu l'as vu ? lui demanda Prue.

— Oui, en Europe. C'est splendide.

Jetant un regard admiratif au violoniste, Kristin ajouta :

— J'ai insisté pour faire ce reportage rien que pour vous rencontrer en personne !

— Merci, je suis flatté.

— J'ai vraiment hâte de voir votre show, confia Prue.

Après avoir replacé son instrument dans la petite armoire, Ivan déclara :

— Maintenant, je vais vous présenter mes partenaires. Sans eux, je ne suis rien.

— Je n'osais pas vous le demander ! glapit Kristin en bondissant sur ses pieds.

— Ça va faire d'excellentes photos, ajouta Prue en essayant de rester le plus professionnelle possible.

À travers un dédale de caravanes, Ivan conduisit les deux jeunes femmes vers un endroit à l'écart. Une puissante odeur animale les accueillit et des grognements s'élevèrent à mesure qu'ils approchaient.

— Ah, dit Ivan, ils sentent notre arrivée. Ils nous appellent.

Le Tzigane se mit à fredonner un petit air et les animaux, qui s'agitaient dans leurs cages, se calmèrent aussitôt.

— Salut, ma belle, lança-t-il à une lionne. Tu es prête pour ton numéro de ce soir? Il y a là deux dames qui ne demandent qu'à être impressionnées.

— Ces animaux semblent vous adorer, observa Prue sur un ton admiratif.

— Oui, et, croyez-moi, c'est réciproque, répondit-il en venant gratter la tête d'un gros ours brun. C'est d'ailleurs le seul moyen de bien travailler ensemble. Nous nous aimons et, surtout, nous nous respectons.

Ivan se promenait d'une cage à l'autre, parlant doucement à chacun des animaux, mais sachant rester ferme quand l'un d'eux se montrait un peu agressif.

— Ce sont de merveilleuses créatures. Ils sont nobles et purs. C'est une véritable bénédiction de pouvoir communiquer avec eux.

De temps à autre, il entrait dans une cage, vérifiait l'état d'une patte ou d'une oreille, remplissait un seau d'eau, parlait à l'un ou à l'autre, les caressait.

Prue appréciait la douceur et la grâce de scs gestes.

Un mouvement dans les taillis, derrière eux, attira cependant son attention. Kristin ne semblait pas s'en être rendu compte.

Une femme à la silhouette épaisse et aux vêtements chamarrés se tenait à quelques mètres d'eux. Elle les observait sans bouger.

Prue s'approcha d'Ivan et murmura :

— Qui est-ce ?

— Oh, c'est Olga, répondit-il en levant la tête.

— Elle... a l'air un peu bizarre, non ?

— C'est Olga la voyante ? intervint Kristin. Elle est sur ma liste d'interviews. Vous pouvez me la présenter ?

Le visage du dompteur s'assombrit d'un seul coup.

— Je ne préfère pas.

— Pourquoi ? s'étonna Prue. Vos familles seraient-elles rivales ?

— Pas vraiment... disons que nous ne partageons pas les mêmes points de vue.

Prue se tourna vers la vieille femme qui faisait d'étranges gestes dans leur direction.

— Qu'est-ce qu'elle essaie de nous faire comprendre ?

— Elle se protège du mauvais œil, expliqua Ivan avec un sourire. Ou, plus exactement, de la malédiction qui plane au-dessus de ma tête.

CHAPITRE 5

— Une malédiction ? Génial ! s'exclama Kristin. Cela va pimenter le reportage !

— Certainement pas ! rétorqua Ivan sur un ton sec.

C'était la première fois que Prue l'entendait élever la voix.

— Je ne veux pas que vous écriviez quoi que ce soit sur cette prétendue malédiction, continua-t-il en fixant sur la journaliste un regard dur.

— Pourquoi pas ? Nos lecteurs vont adorer !

— Justement, cela ne ferait que nous ridiculiser encore plus aux yeux du monde. Les sortilèges, les superstitions, tout cela est stupide. Olga ne fait que colporter des rumeurs mensongères.

Pour la deuxième fois aujourd'hui, quelqu'un prétendait qu'Ivan avait le mauvais œil. Prue n'avait pourtant rien vu, rien senti de maléfique autour de lui.

— Retournons à la caravane, déclara-t-il soudain. Je dois me préparer pour le spectacle.

— Allez-y tous les deux, leur dit la photographe. La lumière est magnifique, j'aimerais prendre d'autres photos.

Ivan hésita un instant.

— Je n'ai jamais laissé personne seul avec mes animaux.

— Je vous promets de ne pas m'en approcher, assura Prue. Je ne veux surtout pas les contrarier ni les énerver.

Il n'avait pas l'air convaincu.

— En les voyant avec moi, les gens croient que ces animaux sont apprivoisés, mais il n'en est rien. Ils ont gardé leurs instincts de bêtes sauvages.

— Je comprends. C'est précisément ça que je cherche à saisir. Le contraste entre la douceur qu'ils ont avec vous et leur férocité naturelle.

Le jeune homme la dévisagea un long moment.

— Je veux bien vous croire. Mais ne vous approchez pas trop.

— J'adore ton idée, Prue ! s'exclama Kristin. Je savais que tu ferais une excellente photographe. N'est-ce pas, Ivan, qu'elle est parfaite ?

Il se contenta de sourire.

— Merci, Kristin, fit Prue modestement. Maintenant, allez-y. J'ai peur que la lumière ne change ; ce serait dommage.

La jeune femme prit beaucoup de plaisir à photographier les animaux d'Ivan et ne vit pas le temps passer. Quand elle eut fini deux pellicules, elle consulta sa montre.

— Oh, là… plus une minute à perdre, sinon je vais rater le début du spectacle.

Elle rangea son matériel à la hâte et regagna la caravane d'Ivan. Elle toqua, mais personne ne répondit. Il devait déjà se trouver dans les coulisses, en compagnie de Kristin.

Comme Prue courait vers le grand chapiteau, elle se tordit le pied et perdit son escarpin. Elle s'accroupit pour le récupérer et, au moment de se relever, vit une ombre apparaître devant elle.

— Ruby…

Lentement, Prue leva la tête et découvrit un personnage étrange. Il était en haillons, et ses mains décharnées, son visage blafard et creux, ses yeux inexpressifs étaient repoussants.

Son maquillage est plutôt réussi, pensa-t-elle. *On dirait vraiment un…*

— Ruby… ? insista-t-il.

— Non, je ne suis pas Ruby.

Il parut vaciller un instant, comme déconcerté par les paroles de la jeune femme. Puis il s'éloigna d'un pas traînant, avant de disparaître derrière la roulotte d'Ivan. *Je me demande dans quel numéro il apparaît… Les enfants doivent être terrifiés !*

— Ah, te voilà ! Viens vite, le spectacle va commencer.

Kristin venait de surgir derrière elle.

— J'arrive.

Elle n'aurait su dire pourquoi, mais cet étrange personnage lui avait donné la chair de poule. Ivan avait peut-être tort de ne pas croire aux présages.

Phoebe aurait voulu être une petite souris pour échapper à Raphaël, le charmeur de serpents.

J'ai vraiment le don de les attirer, se dit-elle. *Pourquoi Piper tombe-t-elle toujours sur des types supermignons, et moi sur des fous furieux ? Dan et Léo se battent pour elle, et moi, qu'est-ce que j'ai ? Un frappadingue qui essaie de me séduire avec un boa constrictor !*

La jeune femme devait reconnaître toutefois qu'elle n'aurait pas aimé être à la place de sa sœur. Cela ne devait pas être évident d'avoir à choisir entre deux garçons aussi adorables.

Reléguée sur les gradins du fond, assez loin de la piste, elle s'interrogeait sur l'efficacité du passe que lui avait obtenu Prue. Elle avait tout de même une belle vue d'ensemble et pouvait apercevoir sa sœur aînée au premier rang qui mitraillait tout ce qui passait devant son objectif.

C'était le numéro des clowns. Ils couraient dans tous les sens au rythme d'une musique assourdissante. Mais où était Piper ? À l'instant où Phoebe s'apprêtait à partir à sa recherche, la jeune femme arriva en compagnie de Jenny.

— Ah, je commençais à croire que vous vous étiez fait piétiner par un éléphant fou.

— Non, non, répondit Piper d'un air distrait. On a été retardées, c'est tout.

Que s'était-il passé avec Dan ? Piper ne voulait visiblement pas en parler.

— Mon oncle ne se rend pas compte, déclara la gamine. Les clowns, c'est pour les bébés !

— Moi, ça me plaît, rétorqua Phoebe.

À mesure que le spectacle avançait, Jenny se laissa cependant séduire par les farces des clowns et l'agilité des acrobates.

— Et, à présent, tonna soudain la voix de M. Amalfi, je vais vous demander, à vous mesdames et messieurs, et à vous les enfants, d'observer le plus grand silence. J'ai le plaisir de vous présenter Ivan le Violoneux, le Tzigane qui charme les animaux sauvages !

Les lumières s'éteignirent. Des rugissements puissants et des grognements inquiétants s'élevèrent dans l'obscurité. Le cirque entier était plongé dans le noir, on ne distinguait plus rien. Une note aiguë résonna soudain, suivie d'une autre plus mélodieuse, et d'une autre encore, rythmées par les projecteurs qui se rallumèrent un à un.

Au centre de la piste se tenait un violoniste à la silhouette élancée. Il portait une ample chemise blanche et un pantalon noir moulant. Autour de lui étaient disposées des cages où les animaux allaient et venaient.

Sans cesser de jouer, le violoniste esquissa quelques pas de danse, s'approcha de la cage du lion et l'ouvrit d'un léger coup de pied.

Les fauves sont sous son charme... songea Phoebe, pleine d'admiration.

Ivan libéra ainsi les autres bêtes. Une fois toutes les cages ouvertes, il retourna au centre de la piste et exécuta un autre air. Autour de lui, tigres, lions et ours évoluaient avec grâce, comme charmés par les notes qui s'envolaient de l'instrument de leur maître.

Les spectateurs aussi semblaient envoûtés. Nul ne pouvait détacher son regard de ce numéro fascinant, se laissant bercer par l'étrange mélodie tzigane.

Quand la musique s'arrêta, les animaux exécutèrent chacun un salut à sa manière, puis regagnèrent tranquillement leurs cages. De nouveau seul au centre de la piste, Ivan fit résonner une dernière note avant que l'obscurité ne retombe.

Pendant un moment, l'assistance resta muette. Et, soudain, des applaudissements enthousiastes se mirent à crépiter de toutes parts.

— C'était trop génial ! s'extasia Jenny, émue aux larmes.

— Oui, c'était grandiose, reconnut Piper, bouleversée.

Quant à Phoebe, oubliant qu'elle ne voulait pas se faire remarquer par Raphaël, elle se leva et applaudit à tout rompre.

Tout excitée, Jenny demanda :

— Et maintenant, est-ce qu'on peut aller voir les artistes ?

— Je ne sais pas, ma puce. Il y aura peut-être beaucoup de gens autour d'eux. D'abord, il faut rejoindre Prue.

— Je voudrais rencontrer Ivan ! insista Jenny. Et puis je voudrais caresser les cochons qui jouaient avec les clowns !

— D'accord, d'accord, lui promit Phoebe en riant.

— Mais, vite ! Sinon, on va tous les rater !

Piper roula des yeux étonnés en direction de sa sœur.

— Eh bien, pour quelqu'un qui disait ne pas aimer le cirque !

Piper et Jenny descendirent vers la piste tandis que Phoebe cherchait son sac à main. Elle le retrouva par terre, à côté du pull de sa sœur.

— Heureusement qu'il y a quelqu'un pour…

Au moment où elle attrapa le vêtement, une violente décharge d'énergie la secoua. Sa vue se voila subitement et elle eut une vision.

Des mains qui serraient un cou…
Quelqu'un se débattait, mais elle ne voyait pas son visage.
De longs cheveux volant en tous sens, Piper !
Des beaux yeux bruns pleins de cruauté et de fureur.
Douleur. Terreur. Impression d'étouffer.

Phoebe relâcha le pull. Elle dut s'asseoir quelques secondes pour reprendre ses esprits.

Piper… Elle venait de voir sa sœur se faire étrangler par un bel inconnu.

CHAPITRE 6

Phoebe respira avec calme. Il lui fallait toujours un certain temps pour se remettre de ses visions. Celles-ci survenaient à n'importe quel moment et étaient d'une telle intensité qu'elle en sortait complètement désorientée.

Elle devait prévenir Piper le plus vite possible. Elle se releva et parcourut le chapiteau des yeux, à la recherche de sa sœur et de la petite Jenny. Impossible de les distinguer parmi tous les spectateurs qui affluaient vers la sortie.

Une peur panique lui noua l'estomac. La jeune femme possédait le don de voir l'avenir mais était incapable de prévoir quand cela allait se réaliser. Peut-être était-ce déjà trop tard… Avec tout ce monde, le tueur pouvait sans peine entraîner Piper à l'écart et l'étrangler, nul ne s'en rendrait compte.

Si seulement sa vision avait été plus claire ! Rien n'indiquait le lieu ou les circonstances du crime.

Juste un visage, aussi beau que cruel, et des yeux pleins de haine.

— Piper ! appela-t-elle en fendant la foule.

Quel ne fut pas son soulagement quand elle aperçut sa sœur, avec Jenny, au pied de la piste ! Elles étaient en grande conversation avec Raphaël et son boa. Aucun danger pour le moment, donc !

À la façon dont Jenny regardait partout autour d'elle, Phoebe devina que son prétendant demandait de ses nouvelles. Elle hésita une seconde, mais décida qu'il valait encore mieux affronter le charmeur de serpents que de risquer la vie de sa sœur.

Ensuite on met la main sur Prue et on rentre à la maison sans tarder, songea la jeune femme en dévalant les gradins.

— Ah, vous revoilà, charmante demoiselle ! s'exclama Raphaël. Je vous cherchais partout !

— Eh bien, vous m'avez trouvée. Mais, désolée, je dois m'éclipser. Piper, tu viens ?

— Déjà ? la taquina cette dernière en étouffant un rire. Tu n'avais pas dit que tu voulais faire la connaissance des artistes ?

— Arrête, Piper, c'est sérieux. Il faut trouver Prue au plus vite et partir d'ici.

Elle ne pouvait en dire plus en présence de Jenny.

— Oh non ! Je veux rester ici ! protesta la petite fille. Je veux voir les artistes, moi aussi. Piper, tu m'avais promis !

— Ah, non, je ne t'ai rien prom...

— Une autre fois, Jenny, coupa Phoebe d'un ton sec. Piper, il y a une petite chose dont je dois absolument te parler.

— Quelle petite chose ?

— Une petite chose que j'ai *vue* et que j'ai trouvée... très intéressante.

À la mine inquiète de Phoebe, Piper comprit que quelque chose de sérieux se passait.

Jenny parut déçue.

— Vous voulez partir ? Dommage...

— Il faut vraiment qu'on y aille, Jenny. Mais je te promets que nous reviendrons demain, fit Piper. Où est Prue ?

— Elle est là-bas ! s'écria Jenny en montrant du doigt l'entrée de la piste.

Piper se retourna et aperçut sa sœur qui parlait à une femme tenant dans les bras une pile de vêtements. Elle avait l'air inquiète. Cela ne présageait rien de bon.

Phoebe lui fit signe de venir les rejoindre.

— Qu'est-ce qui se passe ? demanda Prue.

— Tu me connais, reprit Phoebe. Quand je *vois* quelque chose, ça n'attend pas, il faut que j'agisse immédiatement. Alors, on file d'ici.

Prue saisit immédiatement l'allusion. Hélas, Kristin choisit cet instant précis pour se manifester.

— Tu es prête ? demanda-t-elle à la photographe.

— Euh... pas vraiment. Il est arrivé quelque chose. Une sorte d'urgence.

— Hé bien... Vas-y, fais ce que tu as à faire.

Phoebe n'en revenait pas ! La journaliste n'avait même pas cherché à en savoir plus. C'était plutôt louche...

— Merci, Kristin, bredouilla Prue, tout aussi surprise.

— Je t'attends à la première heure. On a du pain sur la planche ! Bye-bye !

Elles regagnèrent le parking et s'engouffrèrent dans la voiture. Comme la fillette gardait un air renfrogné, la jeune femme tenta de l'égayer.

— Alors, qu'est-ce que tu as pensé du cirque ? lui demanda-t-elle tandis que Prue démarrait. Tu vois que ce n'était pas que pour les bébés, finalement ?

— C'est vrai. Et je vais remercier oncle Dan de m'y avoir emmenée. Sauf que c'était plus rigolo avec vous.

Phoebe poursuivit :

— Qu'est-ce que tu as préféré ?

— Tout.

— Même Raphaël, le charmeur de serpents ? plaisanta Piper.

Jenny fit la grimace.

— D'accord, pas tout. Mais c'est le copain de Phoebe, pas le mien.

— Ha, ha, très drôle !

— En fait, je crois que mon préféré, c'était Ivan le Violoneux.

— C'est vrai que son numéro était tout à fait particulier, lui accorda Phoebe.

— Vous avez pu l'interviewer ? demanda Piper à sa sœur aînée.

— Oui.

Le visage de Prue s'était soudain illuminé. Phoebe devina que le Tzigane lui avait fait une forte impression.

— Et… alors ?

— Il est… très intéressant.

— Allez, raconte, insista Phoebe. Je ne t'ai pas vue rougir comme ça depuis des siècles !

— On ne peut rien te cacher, à toi. Oui, c'est vrai que j'ai bien aimé parler avec lui. Il a un charme incroyable.

— Sois plus précise, exigea Piper. De là où on était assises, on ne voyait pas grand-chose. Il est beau comment ?

— « Beau » n'est pas le mot. Il est intelligent, racé et passionnant.

— C'est vraiment un bohémien ? demanda Phoebe.

— Oui, bien sûr.

— Et il connaît la magie des bohémiens ? interrogea Jenny. Il peut prédire l'avenir ?

— Non, il ne croit pas à toutes ces histoires. Mais il m'a raconté beaucoup de légendes tziganes.

— Oh, cool ! Lesquelles ?

Phoebe commençait un peu à se détendre. Piper n'avait rien à craindre pour le moment. Elle avait cependant hâte d'arriver à la maison pour parler de sa vision à ses sœurs.

— Il y a par exemple une légende à propos d'un bijou qu'on appelle le Rubis Romani. Il donnerait au bohémien qui le possède un triple pouvoir. Aujourd'hui, la pierre a disparu. Il y a une grande rivalité entre les tribus tziganes qui prétendent la retrouver.

— Waouh, c'est sérieux !

— Ivan ne croit pas à son existence. À cause de ces luttes permanentes entre tribus, ses parents ont fini par tourner le dos aux traditions tziganes.

— J'ai adoré sa musique, intervint Jenny.

— On raconte même des histoires à propos de son violon, continua Prue. Cet instrument appartient à sa famille depuis des générations. La légende prétend que c'est l'instrument qui choisit son propriétaire.

— Comment un violon peut-il faire ça ? s'étonna Jenny.

— Quand arrive le temps où le père doit le transmettre à un de ses fils, chacun d'eux doit jouer un morceau. Et c'est le violon, par son chant, qui choisit celui à qui il appartiendra, expliqua Prue. C'est de l'ordre du bon sens. En fait, c'est à l'enfant le plus doué que revient l'instrument.

— Ah, nous y voilà enfin, lança Phoebe en apercevant la maison.

Dès que la voiture fut garée dans l'allée, elle pressa ses sœurs.

— Vite, les filles, sinon cette promo va nous passer sous le nez !

— Merci de m'avoir raccompagnée, leur dit Jenny en sautant du véhicule. À demain !

Dès qu'elle se fut éloignée, Piper demanda :

— Qu'as-tu vu qui te mette dans cet état ?

— Tu as eu une vision, c'est ça ? ajouta Prue en ouvrant la porte d'entrée.

— Oui.

Phoebe s'affala sur le divan du salon.

— J'ai vu Piper se faire étrangler !

— Rien que ça ? fit l'intéressée en s'installant dans un fauteuil. Et je peux savoir par qui ?

— Connais pas. Jamais vu.

— Un démon ? suggéra Prue. Un sorcier ?

— Non, il avait l'air humain. Il y avait une lueur démoniaque dans ses yeux, mais c'était bien un homme.

— Je dois donc me méfier des hommes… Ça, je le savais déjà !

— Méfie-toi uniquement de ceux qui sont beaux, précisa Phoebe.

Piper s'affola soudain.

— Ce n'était pas Léo, ni Dan, j'espère ?

— Non, rassure-toi. Je t'ai dit, je ne l'ai pas reconnu.

— Ouf ! Je me sens mieux.

— Je suis sérieuse ! gronda Phoebe. Le seul problème, c'est que je ne sais ni quand ni où ça va se passer. Ni pourquoi, d'ailleurs

— Prue, lança soudain Piper, tu m'as l'air bien silencieuse.

— Je me demandais...

Elle se leva et alla vers la fenêtre. Piper et Phoebe échangèrent un regard étonné.

— Oui ? Et alors ?

— J'ai vu quelqu'un... un être étrange, près de la roulotte d'Ivan, juste avant le spectacle.

— Un charmant étrangleur ?

— Pas charmant du tout, au contraire. J'ai d'abord cru qu'il faisait partie du cirque, mais quand j'en ai parlé aux autres, personne n'a semblé le connaître.

Comme elle décrivait son allure et ses vêtements, Phoebe secoua la tête.

— Rien à voir avec l'homme de ma vision.

— Il devait porter le costume tzigane traditionnel, fit remarquer Piper. J'ai vu des photos d'hommes habillés comme ça, dans la roulotte d'Olga, la voyante. Mais ils avaient tous l'air robustes et en bonne santé.

— Tu as rencontré Olga ? s'étonna Prue.

— Oui, Jenny avait envie de se faire prédire l'avenir. C'est là qu'Olga m'a dit que j'étais en danger dans ce cirque. Sur le moment, je ne l'ai pas crue, mais je me demande maintenant si elle n'avait pas raison, après tout. Tu crois que le personnage bizarre que tu as vu près de la roulotte d'Ivan a un rapport avec la vision de Phoebe ?

— Je ne sais pas. Quand j'ai vu la voyante, elle essayait de se protéger du mauvais œil... dont elle croyait Ivan la victime ! Peut-être que cet étrange Tzigane a un lien avec la malédiction.

— Bon, les filles, coupa Phoebe en se levant, je crois qu'il est temps de consulter le *Livre des Ombres*. Peut-être qu'on trouvera quelque chose sur les bohémiens, squelettiques ou pas !

— Allez-y, leur fit Prue. Je dois développer mes pellicules pour demain.

Elle descendit au sous-sol où elle avait installé une chambre noire, tandis que ses sœurs montaient au grenier où elles gardaient leur livre de magie. Le précieux volume contenait tous les sortilèges inscrits par des générations de sorcières Halliwell.

Malheureusement leurs recherches furent vaines, il n'y avait rien qui puisse les éclairer. Phoebe s'étira et suggéra à Piper d'aller grignoter quelque chose pour se changer les idées. Elles firent un détour par la cave pour retrouver leur sœur aînée.

— Prue, ça va ? lança Phoebe. On peut descendre ?

— Oui, venez, j'ai presque fini.

Dès que ses yeux se furent habitués à la faible lueur de la lampe rouge, Piper soupira :

— J'espère que ça se passe mieux pour tes photos que pour nos recherches. On n'a rien trouvé d'intéressant.

— On peut voir ce que ça donne ? demanda Phoebe.

— Il me reste un film à tirer. Il est dans le révélateur, il y en a pour une seconde. Voilà…

— Ah, laisse-moi voir, fit Piper, curieuse. Pas mal, pas mal du tout. Regarde, Phoebe.

Cette dernière jeta un coup d'œil à son tour sur le tirage que Prue venait de mettre à sécher et eut un mouvement de recul.

— Qu'est-ce qu'il y a ?

— Ce… ce gars sur la photo, là… C'est… c'est celui qui étranglait Piper dans ma vision !

CHAPITRE 7

— Que... qu'est-ce que tu racontes ? balbutia Prue.

— Je reconnaîtrais ce visage n'importe où, affirma Phoebe. Ce sont ses mains que j'ai vues autour de la gorge de Piper.

Prue fixa sa sœur d'un air incrédule.

— Tu dois te tromper. Ivan est incapable de faire du mal à une mouche. Je l'ai vu avec ses animaux...

— Et s'il était différent avec les êtres humains ?

— Et avec les sorcières, glissa Piper.

— Non. Vous ne le connaissez pas. C'est la personne la plus douce que j'aie jamais rencontrée.

— Les démons et les sorciers savent prendre toutes sortes d'apparences, lui rappela Phoebe.

Prue se mordit les lèvres d'un air pensif. Sa sœur n'avait pas tort, pourtant elle avait l'intime conviction que le musicien n'était pas un meurtrier.

— Ne nous livrons pas à des conclusions hâtives, déclara Piper. Si ce qu'on raconte à propos d'Ivan est vrai, peut-être est-il lui-même victime d'un sortilège... (Elle réfléchit un instant et ajouta :) Un envoûtement le pousserait à s'attaquer à moi...

— Prue, ce sinistre Tzigane que tu as aperçu près de la roulotte d'Ivan... tu crois qu'il aurait quelque chose à voir avec ça ?

— J'en suis certaine. Mais quoi ?

— Il doit être lié au sortilège jeté sur Ivan, avança Piper. Qui nous dit que ce n'est pas un démon ?

— Ne nous affolons pas, déclara Prue en essayant de garder son calme. Nous manquons d'éléments. Tout d'abord nous devons découvrir qui est ce type bizarre, ensuite nous nous renseignerons au sujet d'Ivan. Il ne connaît pas Piper, pourquoi voudrait-il s'en prendre à elle ?

— Quoi qu'il en soit, Piper ne met plus les pieds au cirque !

— Phoebe a raison, observa Prue. Plus de cirque pour toi, ma belle.

— Je ne suis pas d'accord, et ce, pour deux raisons. La première, c'est que j'ai promis à Jenny de retourner voir le spectacle avec elle. La deuxième, c'est que vous aurez besoin de moi pour combattre Ivan s'il se révélait être un démon. Sans le Pouvoir des Trois, vous ne pourrez rien contre lui !

— Attends, fit son aînée, ce n'est parce que tu as rompu avec Dan que tu dois te sentir obligée de t'occuper de sa nièce !

— N'importe quoi ! De toute façon, personne ne sait où Ivan est censé m'attaquer. Ça peut très bien ne pas se passer dans ce cirque ! Et puis, j'ai fait une promesse à Jenny...

— Piper, gronda Prue.

— Prue, lâcha Piper en imitant son ton sévère. Ce n'est pas la peine d'insister. Jenny a déjà été très déçue d'apprendre que j'avais rompu avec Dan. Je dois tenir ma parole !

L'aînée des Halliwell savait qu'il était inutile d'essayer de lui faire changer d'avis. Pour Piper, une promesse était parole d'or.

— Je me tiendrai éloignée d'Ivan.

— On ne le laissera pas t'approcher, fais-nous confiance ! lança Phoebe.

— Je me charge d'Ivan, dit Prue.

— Tu es sûre que c'est une bonne idée ? Tu m'as l'air peu... objective à son sujet.

— Et s'il se confiait à moi ?

— Et s'il se jetait sur toi pour te dévorer toute crue, maugréa Phoebe.

— Mince, ce n'est pas juste ! Au moment où je commençais à aimer le cirque...

Le lendemain les trois sœurs retournèrent au cirque, en compagnie de Jenny. La première interview officielle de Prue n'ayant lieu que dans l'après-midi, elle avait quelques heures devant elle pour mener sa propre enquête.

— Vous avez acheté vos pneus, finalement ? s'enquit Jenny alors qu'elles étaient en route vers le cirque.

— Des pneus ? répéta Prue sans comprendre.

Phoebe lui fit les gros yeux.

— Oui, d'excellents pneus.

— Des super-pneus, renchérit Piper.

— Ah bon, alors on peut rester ici aussi longtemps qu'on veut, hein ?

Quelques minutes plus tard, le cœur battant, Prue frappait à la porte de la roulotte d'Ivan. Pas de réponse. Elle insista, sans plus de succès. Tant pis, elle allait en profiter pour... faire un peu d'investigation personnelle.

Mais il lui fallait pour cela utiliser ses pouvoirs de sorcière. Après un rapide coup d'œil autour d'elle, la jeune femme se concentra sur la serrure, claqua des doigts et... la porte s'ouvrit.

Elle s'assura que personne n'était dans les parages et se faufila dans la caravane du violoniste.

Sur une table trônait un portrait de famille. Un couple aux cheveux d'ébène souriait à l'objectif tandis qu'un gamin à la chevelure en broussaille se tenait devant eux, un violon à la main. Il rayonnait de joie et de fierté, une expression que Prue avait déjà remarquée chez Ivan lorsqu'il parlait de ses parents.

Une image scotchée à la porte d'une petite armoire attira son attention. Elle avait sans doute été arrachée d'un livre. La légende disait : *Bohémiens en costume traditionnel.* C'étaient des modèles de vêtements, auxquels on avait épinglé quelques échantillons d'étoffe.

— Piper avait raison, murmura la jeune femme. Ces habits ressemblent à ceux que portait l'espèce de zombie...

Elle poursuivit ses recherches, en remettant soigneusement en place tout ce qu'elle prenait dans les mains. Rien, jusque-là, n'indiquait qu'Ivan était un démon.

Elle s'accroupit alors devant un coffre qu'elle ouvrit grâce à ses pouvoirs. Des costumes. Encore des costumes.

Elle se redressa et balaya une dernière fois la pièce du regard. Elle eut un mouvement de recul : le violon d'Ivan venait de se matérialiser dans les airs, entouré d'une puissante aura magique.

CHAPITRE 8

Pétrifiée, Prue fixait le violon flottant devant elle. L'instrument était-il manipulé par une force démoniaque ?

Au bout de quelques secondes, le couvercle du coffre à costumes se releva, et le violon vint se poser doucement à l'intérieur. Le couvercle était à peine retombé que la porte s'ouvrit soudain. La jeune femme se retourna lentement. Ivan la dévisageait, étonné de la trouver chez lui.

— Prue ! Co... comment êtes-vous entrée ? Je croyais avoir fermé la porte.

— Elle était entrouverte... alors je me suis permis...

Le violoniste s'ébouriffa les cheveux. Il avait l'air très abattu. Prue en fut émue.

— Il faut vraiment que je sois plus prudent. C'est comme ça qu'on m'a dérobé mon violon.

— On vous a volé votre instrument ?

Il se laissa tomber sur une chaise et se prit la tête dans les mains.

— J'ai d'abord pensé que c'était une farce... mais je ne l'ai retrouvé nulle part.

— Il est là, lui dit Prue en indiquant le coffre.

Ivan bondit sur ses pieds et se jeta sur la malle, laissant éclater sa joie en y découvrant son cher violon.

— Où étais-tu passé ?

— Vous croyez qu'il va vous répondre ?

Le musicien rougit.

— Non, bien sûr. Je... je me sens très lié à lui, c'est tout.

Prue rit à son tour.

— Ce qui vient d'arriver n'est quand même pas banal, avouez-le ! Qu'a-t-il bien pu se passer ?

— J'ai dû paniquer sans raison. Il faut reconnaître que je suis très distrait en ce moment. La fatigue, sans doute... J'ai tellement de choses en tête qu'il m'arrive de ranger quelque chose puis d'oublier où.

— Même votre violon ?

— Je l'ai déjà égaré à plusieurs reprises aujourd'hui. Ça ne me ressemble pas du tout.

— Mais qu'est-ce qui vous distrait tant ?

— Des problèmes personnels. Et aussi le mauvais sort qui semble s'acharner sur moi. (Il sourit et ajouta :) Vous savez ce que m'a assuré Olga, la voyante ? Que c'est mon violon qui me porte la poisse. Elle prétend qu'il y a une malédiction sur lui.

Prue demeura songeuse. La voyante avait déjà averti Piper d'un danger… et la vision de Phoebe semblait confirmer sa prédiction…

— Elle a peut-être raison, hasarda-t-elle.

— Vous croyez à ces stupidités ? Quand je pense que c'est moi, le bohémien, qui dis à un gadjo de ne pas être superstitieux !

Un comble, oui. Si tu savais qui je suis… songea-t-elle, amusée.

Ivan saisit alors le violon et se mit à jouer une douce mélodie. La jeune femme l'écouta, fascinée par la vivacité et l'agilité de ses doigts sur l'instrument. Il y avait de très fines gravures sur l'archet et, quand il eut fini de jouer et qu'il lui fit la révérence, elle remarqua de curieux symboles au dos du violon. Étaient-ce des runes diaboliques ?

— Pourquoi Olga inventerait-elle cette histoire de malédiction ?

Le musicien haussa les épaules d'un air las.

— Probablement pour que je la supplie de conjurer le sort… Bien entendu, elle me demanderait une fortune pour ce service ! Toutes les *shuvani* essaient de soutirer de l'argent à ceux qui veulent bien les croire.

— Les *shuvani* ?

— C'est le terme tzigane pour désigner les sorcières ou les voyantes.

— Et vous croyez qu'Olga essaierait de vous jouer ce genre de tour ? À vous, un Tzigane ?

— Beaucoup de gens du cirque prétendent avoir des ascendances bohémiennes. Cela ajoute au mystère. Olga m'a certainement pris pour un gadjo, jusqu'à ce que je me mette à lui parler romani.

— Peut-être, mais pourquoi insister ensuite ? objecta Prue. Si ce n'est parce qu'elle vous croit victime d'une malédiction.

Ivan réfléchit un moment, puis finit par répondre :

— Cet instrument a une valeur inimaginable : plusieurs centaines de milliers de dollars. Olga brûle d'envie de mettre la main dessus, c'est normal. Mais je me refuse à penser qu'un autre artiste ait pu…

— Ivan ? appela une voix féminine derrière la porte.

— Miranda… entre.

Une jeune femme fit irruption dans la pièce et eut une expression irritée en voyant Prue.

— Qui est-ce ?

— Je m'appelle Prue Halliwell. Je travaille pour le magazine *415*. Je suis photographe.

La nouvelle venue la salua d'un bref signe de tête. Ses pommettes hautes et son nez aquilin lui donnaient un air hautain. Ses yeux, d'un beau vert émeraude, jetaient des éclats froids.

— Je vous présente Miranda Merrill, fit le violoniste, notre équilibriste. Sa famille est connue dans l'Europe entière.

— Oh, c'est passionnant ! lança Prue dans l'espoir de détendre un peu l'atmosphère. Ne manquez pas de le dire à Kristin, la journaliste. Je sais qu'elle a l'intention de vous interviewer.

Miranda prit le parti de l'ignorer ostensiblement. Elle lui tourna le dos et examina son reflet dans un grand miroir en pied.

— Je ne sais pas encore si j'accepterai, minauda-t-elle. Les étrangers au cirque ne devraient pas avoir accès à la vie privée des artistes. Ivan, tu perds ton temps avec elle. Elle n'a rien à savoir de ta vie. De notre vie.

Mais elle m'agace, à la fin...

— Nous ne publierons rien sans votre accord, bien entendu.

Miranda se retourna et plongea son regard émeraude dans celui de Prue.

— Je ne crois pas qu'on puisse faire confiance aux journalistes.

Tu parles ! Tu sors tes griffes dès qu'on s'approche trop près de ton cher Ivan, oui !

La jeune femme se demanda un instant si Miranda ne faisait pas partie des « problèmes personnels » dont lui avait parlé le violoniste, un peu plus tôt.

— J'espère quand même qu'on se reverra, conclut Prue sans relever la remarque désobligeante de l'équilibriste. Au revoir, Ivan.

À peine descendue de la roulotte, Prue crut entendre les échos d'une dispute entre les deux artistes. Elle ne put s'empêcher de sourire...

Quelque chose la tracassait toutefois : les symboles gravés au dos du violon. Que pouvaient-ils bien signifier ?

— J'ai trouvé ! s'exclama-t-elle soudain.

Le téléobjectif de son appareil photo ! Pendant le spectacle, Prue avait photographié Ivan sous tous les angles... Les clichés obtenus lui révéleraient les secrets de ces runes étranges !

Dissimulée derrière un stand, Phoebe surveillait les alentours. Personne. Après avoir passé le plus clair de la matinée à jouer à cache-cache avec l'affreux Raphaël, elle voulait fouiner près de la caravane d'Ivan.

Peut-être trouverait-elle des indices qui l'aideraient à remonter à l'espèce de mort vivant qu'avait rencontré Prue ?

— Mais, c'est ma petite Phoebe ! tonna une grosse voix derrière elle. Te voilà enfin, je te cherchais partout !

Zut, Raphaël ! Phoebe marqua un temps d'arrêt, puis, prise de panique, s'enfuit en courant. Dans sa précipitation, elle fonça droit dans un jongleur juché sur des échasses. Ce dernier, déséquilibré, fit une chute spectaculaire.

— Oh, je… je suis désolée. Excusez-moi, mais… je dois filer.

Elle l'aida à se relever et reprit ses jambes à son cou, le charmeur de serpents toujours à ses trousses !

— Phoebeeeee ! Attends, ne cours pas si vite, je veux seulement t'embrasser !

Quelle horreur ! Elle se fraya un chemin à travers les stands et le public qui s'y pressait, puis déboucha sur des roulottes parquées à la lisière d'un petit bois.

Hors d'haleine, Phoebe s'arrêta et constata avec soulagement qu'elle avait réussi à semer Raphaël.

Elle vit alors trois clowns sortir d'une caravane. Habillés et maquillés à l'identique, il était impossible de les différencier. L'un d'eux vint à sa rencontre.

— On peut savoir ce que vous faites ici, mademoiselle ?

— Je… je cherchais des renseignements sur…

— Vous n'avez rien à faire ici. Vous êtes dans le quartier des clowns et il est strictement interdit au public.

— Le quartier des clowns ?

La saisissant par le bras, il l'entraîna de force vers l'allée d'où elle était arrivée.

— C'est bon, j'ai compris… marmonna-t-elle.

— Décampez d'ici et ne revenez plus !

— Aucun risque ! Pour des garçons qui sont censés faire rire, je vous trouve plutôt sinistres !

Les trois artistes haussèrent les épaules et disparurent derrière une des caravanes. Prue avait raison, finalement, de ne pas aimer les clowns…

Me voilà bien avancée!

— S'il te plaît, s'il te plaît! suppliait Jenny.

Piper poussa un soupir exaspéré. La petite fille n'avait qu'une seule idée en tête: voir Ivan! Or, c'était précisément *la* personne qu'elle devait éviter à tout prix…

Devant le refus catégorique de Piper d'aller retrouver le violoniste dans les coulisses, Jenny insistait à présent pour retourner dans le *vardo* d'Olga.

— J'ai quelque chose à lui demander. C'est super-important!

Piper était ennuyée: et si la bohémienne découvrait qu'elle était une sorcière? Olga pouvait aussi, grâce à sa magie, faire en sorte que les souhaits de Jenny soient exaucés: réunir Dan et son ancienne amoureuse!

Mais, à choisir, mieux valait encore affronter Olga qu'Ivan…

— D'accord, décida Piper en prenant la fillette par la main.

La voyante avait installé sa table sous une toile tendue, à côté de sa roulotte. Les deux visiteuses la trouvèrent assise en train de s'éventer avec des cartes de tarot. Elle fronça ses épais sourcils noirs en les voyant approcher.

— Quel accueil… murmura pour elle-même la jeune femme.

— Bonjour ! lança joyeusement Jenny.

— Bonjour. Vous voulez de nouveau connaître votre avenir par les cartes ?

— Non, répliqua la gamine. C'est plus important que ça.

Plongeant la main dans son petit sac, elle en sortit une poignée de rubans chiffonnés.

— Je voudrais savoir comment on fait pour créer des liens d'amour magiques.

— Tu connais les secrets d'amour des bohémiens ?

— On m'a raconté des histoires là-dessus, oui. Ça marche pour de vrai ? interrogea Jenny.

— Je connais beaucoup de couples heureux grâce à cette magie.

— Si seulement je pouvais avoir le Rubis Romani ! Ça rendrait mon sortilège d'amour trois fois plus puissant.

Olga laissa tomber ses cartes.

— Comment sais-tu cela ? murmura-t-elle d'une voix tremblante.

— C'est un secret ?

— Il n'est connu que des bohémiens. Où as-tu appris de telles choses ?

La vieille femme jeta un regard soupçonneux à Piper.

— Ivan a juste raconté à ma sœur certaines traditions tziganes. Elle nous en a parlé, mais j'ai bien fait comprendre à Jenny que ce n'étaient que des légendes.

— C'est pas vrai, tu ne m'as rien dit !

— Qui est votre sœur ? demanda Olga. Fait-elle partie de la troupe ?

— Non. Prue est photographe. Elle fait un reportage sur le cirque. On ne fait que l'accompagner.

À la mine renfrognée de la voyante, Piper jugea préférable de ne pas s'attarder.

— On doit partir. Phoebe nous cherche sans doute, en ce moment.

— Je croyais que votre sœur s'appelait Prue ?

— J'ai deux sœurs.

— Elles sont trois, lui expliqua Jenny. Elles ont de la chance, hein ?

La bohémienne sourit à la fillette, mais Piper la sentait encore contrariée.

— Le chiffre trois porte toujours chance, déclara Olga. (Puis, se tournant vers la jeune femme, elle demanda de sa voix rocailleuse :) Pourquoi ne tenez-vous pas compte de mes avertissements, mademoiselle ? Ne vous ai-je pas dit qu'il était dangereux pour vous de rester ici ? Ne vous approchez pas d'Ivan. Il a le mauvais œil. Malheur à ceux qui le côtoient !

CHAPITRE 9

— Il faut prévenir Prue ! s'inquiéta Jenny avant de se tourner vers Olga. La sœur de Piper craque pour Ivan !

— Prue est capable de se débrouiller toute seule, rétorqua sèchement Piper.

Quelle pipelette !

La jeune femme hésitait. Si Olga était une vraie *shuvani*, ses pouvoirs pourraient certainement les aider à vaincre Ivan. Malheureusement, la bohémienne semblait craindre le beau violoniste. Aussi Piper décida-t-elle de ne pas lui faire part de ses appréhensions.

De toute façon, elle ne pouvait pas en parler devant Jenny. Il était donc plus sage de s'en aller.

— Et le charme d'amour ? réclama la petite.

— On verra plus tard, Jenny. Ça peut attendre, tu sais.

— Qu'est-ce qu'on va faire, maintenant ?

— Essayer de retrouver Phoebe avant le spectacle.

Elles s'arrêtèrent quasiment à chaque stand pour acheter des pommes d'amour et des sucreries. Piper eut tout le temps la désagréable impression d'être observée. Était-ce son imagination ?

— Mademoiselle !

Piper se retourna et tomba nez à nez avec... Raphaël. C'était donc lui qui les suivait depuis tout à l'heure ! Par chance, il n'avait pas son boa avec lui. Et – incroyable ! – son haleine insupportable et sa perpétuelle odeur de transpiration avaient disparu.

— Je me disais bien que votre visage m'était familier, vous étiez avec ma petite Phoebe, hier !

— Oui. C'est ma sœur.

— J'aurais dû m'en douter. Vous êtes aussi belle.

— Merci...

— J'ai l'impression qu'elle m'évite, observa-t-il avec tristesse.

Tu m'étonnes...

— On lui dira que vous la cherchez, lui promit Piper. Maintenant, il faut vraiment qu'on y aille.

— Au revoir, mes petites demoiselles. Souhaitez-moi bonne chance !

— Bonne chance, Raphaël ! lança Jenny.

Dès qu'il se fut éloigné, Phoebe surgit de derrière une baraque et les rejoignit.

— Ah, vous voilà ! Je vous ai vues parler à Raphaël. Il me cherchait ?

— Oui, mais il est parti voir ailleurs si tu y étais.

— Tant mieux. Dis, Jenny, tu ne voudrais pas aller m'acheter un paquet de pop-corn au caramel ? Je meurs de faim.

— Oh, oui. Je peux en avoir un, aussi ?

— Bien sûr. Tiens, voilà de l'argent. Je te l'offre.

— Oh, chouette, merci !

Quand elles furent seules, Phoebe murmura à Piper :

— Je crois avoir trouvé le moyen d'obtenir des renseignements. Rejoins-moi près de la roulotte d'Ivan, à huit heures moins le quart. Ne te fais pas repérer, surtout.

— Et Jenny ?

— Je ne sais pas, trouve quelque chose.

À son grand désarroi, Phoebe aperçut son prétendant dans la foule.

— Oh, non ! Raphaël en vue. Il faut que j'y aille. Et n'oublie pas : débarrasse-toi de Jenny et sois à notre rendez-vous !

Piper regarda sa sœur partir en courant rejoindre la petite fille, attraper le cornet de pop-corn qu'elle lui tendait et s'enfuir sans demander son reste.

— C'était Phoebe ? demanda Raphaël en arrivant à la hauteur de Piper. C'est incroyable, on dirait que la malédiction qui touche Ivan est en train de déteindre sur moi. Je n'ai pas de chance avec les femmes.

— Cette malédiction concerne les femmes ?

— Quoi... ? Oh, non. Il a juste la poisse, en ce moment. Il faut reconnaître qu'il n'a pas beaucoup de chance en amour, non plus. En fait, je crois que c'est son amie qui lui porte malheur.

Piper aurait aimé en savoir plus ; hélas ! Jenny les rejoignit avant qu'elle n'ait eu le temps de questionner davantage le charmeur de serpents.

— On y va ?

— Oui. On est un peu en avance, mais il y a toujours un numéro de clowns avant le début du spectacle.

Elles saluèrent Raphaël et se dirigèrent vers l'entrée du grand chapiteau. Tout en cherchant leurs places, Piper se demanda comment elle allait pouvoir se débarrasser de Jenny et, surtout, ce que pouvait bien mijoter sa sœur.

Phoebe consulta sa montre. Pourvu qu'Ivan soit ponctuel !

Malgré sa partie de cache-cache avec Raphaël, elle avait réussi à parler à quelques artistes des caravanes voisines. On lui avait assuré qu'Ivan quittait sa roulotte pour le spectacle de la soirée à huit heures moins dix, pile. Pas une minute plus tôt. Pas une minute plus tard.

— C'est une vraie horloge, avait affirmé Giorgio, l'acrobate.

Phoebe regretta un instant d'avoir demandé à Piper de la rejoindre. N'était-elle pas en train de jeter sa sœur dans la gueule du loup ?

Elle ne court aucun risque tant qu'Ivan sera sur scène, se rassura-t-elle. *Au pire, elle a le pouvoir de le figer sur place, sauf si la magie n'opère pas sur lui… On aura alors la certitude que c'est un démon !*

Une silhouette se faufilait dans sa direction, le long des buissons. C'était Piper ! Phoebe lui fit un signe discret de la main.

— Tu n'as pas eu trop de mal à te débarrasser de Jenny ?

— Non, elle était très occupée avec les clowns. Je lui ai dit que j'allais aux toilettes et je lui ai fait jurer de ne pas bouger jusqu'à mon retour. Mais, bon, je n'ai pas l'esprit tranquille. Ça va prendre combien de temps, ton histoire ?

— Je ne sais pas. Ça dépend d'Ivan.

— D'Ivan ?

— Oui ! Ne fais pas cette tête, je t'explique mon plan. Dès qu'il sort de sa roulotte, tu le figes. J'en profite pour me glisser à l'intérieur. Une fois que je suis dedans, tu le libères. Il fermera sa porte sans se rendre compte de rien et il s'en ira tranquillement.

— Que veux-tu y trouver ? Prue a déjà visité les lieux.

— J'espère qu'en touchant un objet à lui, j'aurai une vision. Il faut qu'on en sache plus sur ce type.

— Pourquoi pas…

— Et toi, tu dois me promettre de ne pas t'approcher de lui.

— Ne t'inquiète pas, je n'ai pas envie de me faire étrangler ce soir.

— Chut, le voilà.

Piper sortit alors de sa cachette, Ivan lui tournait le dos et il s'apprêtait à fermer sa porte. Elle le figea net.

— On sait au moins qu'il est humain. C'est déjà ça.

— Tu ne m'as pas laissé beaucoup de place pour entrer, se plaignit Phoebe.

— Je fais ce que je peux ! Allez, fais vite !

— Souhaite-moi bonne chance.

— Oui, c'est ça, bonne chance ! Mais dépêche-toi, sinon il va finir par dégeler tout seul.

Phoebe se glissa à l'intérieur de la roulotte, jeta un coup d'œil discret par la fenêtre et aperçut Ivan, subitement revenu à la vie, qui refermait la porte derrière lui.

Après s'être réfugiée dans la douche, elle se dissimula derrière le rideau et décida de compter jusqu'à cent avant d'en sortir, histoire de s'assurer que le violoniste ne reviendrait pas à l'improviste.

CHAPITRE 10

Une fois qu'elle fut certaine que le musicien ne reviendrait pas, la jeune femme sortit de sa cachette.

Dans la pièce principale, elle passa les doigts sur une écharpe pendue à un cintre, s'agenouilla sur le lit d'Ivan et serra son oreiller entre ses bras.

Rien.

Phoebe réfléchit en faisant les cent pas. Combien de temps pouvait-elle rester ici sans se faire repérer ?

Elle essaya des photos. Rien. Des livres. Rien. Des chaussures. Rien. Rien ne lui parlait dans cette fichue roulotte !

Exaspérée, elle attrapa une brosse sur la commode et s'en tapota machinalement la paume.

Aussitôt, une gerbe de flammes l'entoura.

La chaleur était insupportable. Le feu la cernait, commençait à lui dévorer la peau. Elle sentait l'air s'embraser. À moitié asphyxiée, elle tomba à terre et rampa vers la porte. La brosse à cheveux qu'elle venait de lâcher alla rebondir quelques mètres plus loin.

Dissimulée derrière les buissons, Piper trouvait le temps long et l'endroit bien inconfortable. Phoebe avait-elle fini par découvrir quelque chose ?

Dans l'allée, la jeune femme aperçut Kaboodle et Masha qui se tenaient par la main et batifolaient comme des adolescents. Il y avait aussi Mitzi, la dresseuse de caniches, entourée de sa petite meute. Un des chiens s'aventura malheureusement tout près de la cachette de Piper dans les buissons.

— Snookums ? appela sa maîtresse. Qu'est-ce que tu fais ? Viens par là, on va être en retard pour notre numéro !

Hélas ! le caniche n'obéit pas et poursuivit ses investigations dans les fourrés. Au grand désespoir de Piper, son manteau de scène s'accrocha à une des branches épineuses. N'arrivant pas à se dégager, l'animal se mit à grogner et aboyer.

— Oooh, Snookums, non ! Tu vas abîmer ton costume !

Mitzi accourait maintenant pour récupérer son chien ! Elle l'extirpa tant bien que mal des fourrés et eut un mouvement de recul en découvrant la jeune femme recroquevillée à quelques mètres d'elle.

— Qu'est-ce que vous faites là ?

— Euh... je...

Impossible de lui donner une explication qui tienne debout.

— Ne dites rien, je comprends. Encore une fan d'Ivan.

— Quoi ?

— Si vous voulez tout savoir, ma petite, Ivan a horreur des filles qui se jettent sur lui. Et, entre nous, il vaudrait mieux que Miranda ne vous surprenne pas ici.

— Miranda... ?

— Oui, Miranda. Quand elle est jalouse, c'est un vrai démon. Elle serait capable de découper ses rivales en rondelles.

Piper était furieuse et gênée à la fois d'être prise pour une admiratrice d'Ivan. Au fond, c'était peut-être mieux que d'avoir à révéler la véritable raison de sa présence !

— Je vous conseille de vous en aller. Et vite.

— D'accord.

Tant pis ! Phoebe devrait se débrouiller seule. Après tout, sa sœur n'avait pas vraiment besoin d'elle. Autant retourner au plus vite voir ce que faisait Jenny.

La jeune femme consulta sa montre. Huit heures cinq. Ivan devait être en train de se préparer dans sa loge, à présent. Phoebe ne risquait rien.

Piper était loin d'imaginer que sa sœur était en train d'étouffer dans la roulotte du violoniste.

Phoebe avait la gorge en feu et avait du mal à respirer, mais elle était saine et sauve. Elle rouvrit les yeux.

Rien. Plus de flamme. Plus de chaleur insupportable.

Ce n'était qu'une vision. Tout lui avait paru tellement réel qu'elle avait bien cru mourir brûlée vive.

La jeune femme prit une profonde inspiration et essaya d'y voir plus clair. Que lui apprenait cette vision ? Pas grand-chose, en fait. Elle n'avait vu que les flammes, partout. Lentement, elle se mit debout et, titubante, alla s'asseoir sur le lit.

Soudain, une peur panique la gagna. Et si le numéro d'Ivan était déjà terminé ? Elle jeta un coup d'œil à sa montre. Ouf, huit heures dix ! Elle n'avait plus qu'à filer au plus vite.

Comme elle se dirigeait vers la porte, elle se figea en voyant la poignée tourner doucement... Le violoniste apparut sur le seuil.

CHAPITRE 11

— Qu'est-ce que vous faites ici ?

— Euh… vous… vous n'êtes pas en scène, en ce moment ?

— Mon numéro passe en dernier, vous ne vous rappelez pas ? Maintenant, répondez-moi. Que faites-vous chez moi ?

— Euh… eh bien, la porte était ouverte et… je cherchais ma sœur.

— Votre sœur ? Qui est-ce ? Et pourquoi serait-elle ici ?

— Prue Halliwell. La photographe du magazine *415*.

Phoebe espérait atténuer la colère d'Ivan en mentionnant le nom de sa sœur. Mais le violoniste resta de marbre, toisant l'intruse d'un regard noir et impénétrable.

— Je suis une grande admiratrice, essaya-t-elle en dernier recours.

Ivan continuait de la fixer froidement.

— Sortez, s'il vous plaît. Je suis pressé. J'ai un numéro qui m'attend, je n'ai pas le temps de discuter avec vous.

— Parfait, je m'en vais.

— C'est ça, et ne remettez plus les pieds ici ! cria-t-il en claquant la porte derrière elle.

Qu'est-ce que Prue pouvait bien lui trouver ? Phoebe devait reconnaître qu'il était très beau, mais d'une beauté froide et sans charme. Son visage avait quelque chose de cruel, de méchant.

— Bien sûr ! lâcha-t-elle tout haut. C'est clair comme de l'eau de roche !

Ivan tenait sa grande sœur sous son charme ! Peut-être même lui avait-il fait absorber un philtre d'amour ou une potion magique !

Phoebe allongea le pas. Elle devait consulter au plus vite le *Livre des Ombres*. Elle y trouverait certainement quelque chose sur les traditions magiques des Tziganes. La vie de Piper – et sans doute celle de Prue – en dépendait.

L'aînée des Halliwell allait et venait dans les coulisses sans prêter attention aux bavardages incessants de Kristin. Elle avait passé l'après-midi à photographier des clowns. De toute évidence, c'étaient les artistes préférés de la journaliste.

— Je trouve passionnant qu'aucun d'eux n'accepte

de se faire prendre en photo sans son maquillage de scène, s'extasiait-elle. Étonnant, non ?

— Oui, assez...

— En fait, je les comprends. Moi aussi, je refuserais de me montrer sans maquillage !

Prue l'écoutait d'une oreille distraite, concentrant son attention sur le violon d'Ivan. Elle avait déjà pris quelques clichés dans la loge du Tzigane, mais elle en voulait le plus possible.

Si le violon était envoûté, elle devait en savoir un maximum afin de pouvoir contrer son maléfice. Ses nombreuses expériences lui avaient appris à manipuler la sorcellerie avec précaution et précision. La marge d'erreur était mince et les risques énormes !

— Tiens donc ! s'exclama Kristin. Il n'y a que cinq clowns ce soir, au lieu de six. J'aimerais bien savoir pourquoi.

Elle gribouilla quelques notes sur son calepin et ajouta :

— Ce ne doit pas être le même numéro qu'hier. Ils font certainement des roulements pour éviter la routine. À moins que l'un d'eux ne soit blessé ? Peut-être improvisent-ils ? Je me demande comment ils s'organisent.

C'était une manie chez Kristin de poser trois milliards de questions en même temps. Ce qui avait le don d'énerver Prue. Mais cette dernière avait fini par comprendre le fonctionnement de sa collaboratrice et ne cherchait plus à lui répondre. Elle se contenta de hocher la tête pour manifester son intérêt.

Comme elle regardait les clowns, Prue eut soudain l'impression que leur numéro durait un peu plus longtemps que prévu. Un coup d'œil à sa montre le lui confirma.

Le show d'Ivan était programmé juste après le leur. Or, le violoniste avait soudainement disparu des coulisses. Était-ce à cause de lui que les clowns faisaient une prolongation ? Un coup d'œil du côté des gradins rassura la jeune femme : Piper était à sa place. Elle refusait de croire que Phoebe avait raison à propos d'Ivan. Seulement, pour convaincre sa jeune sœur qu'elle avait tort de soupçonner ainsi le musicien, il lui fallait des preuves solides. Des preuves qu'elle découvrirait peut-être gravées sur son instrument...

— Excusez-moi, l'interpella une voix hautaine.

Prue se retourna et fit face à Miranda Merrill, l'équilibriste.

— C'est très dangereux pour les étrangers de se trouver en coulisses, déclara-t-elle, les lèvres pincées. Il ne faut pas rester là.

— Oui, je comprends, pardon.

— C'est incroyable ! maugréa Miranda avant de se placer à l'entrée de la piste. Faire venir des journalistes ici ! À quoi pense M. Amalfi ?

Manifestement, elle venait là pour regarder le numéro d'Ivan. Ou pour le surveiller.

Kristin fit les gros yeux à Prue.

— Ce n'est pas le grand amour entre vous deux… Qu'est-ce que tu lui as fait ?

— Oh, c'est un simple malentendu. Mais pourquoi Ivan n'arrive-t-il pas ?

— Tu es mieux placée que moi pour le savoir. Vous avez plutôt l'air de bien vous entendre.

Sentant Miranda la fusiller du regard, la jeune femme se contenta de répondre par un haussement d'épaules. Brusquement le visage de l'équilibriste se figea.

Ivan s'avançait vers elles d'une démarche féline. Il s'arrêta à la hauteur de l'équilibriste, et tous deux échangèrent quelques paroles à voix basse. D'après leur mine sévère, ce n'étaient pas des mots doux…

Prue espérait toutefois que cela n'allait pas perturber Ivan. Son numéro le mettait en présence d'animaux sauvages, très sensibles aux humeurs de leur dresseur. Il ne pouvait se permettre d'arriver en piste nerveux ou distrait.

— Mesdames et messieurs, annonça soudain M. Amalfi, nous avons le plaisir de vous présenter, ce soir, notre beau Tzigane, Ivan le Violoneux !

Le musicien se détourna de Miranda. Immobile, il ferma les yeux, le temps que le chapiteau soit plongé dans le noir. Après une profonde inspiration, il cala son violon sur son épaule gauche et entra en scène en exécutant une mélodie plaintive magnifique.

Prue s'avança le plus près possible et, l'œil rivé à son objectif, se concentra sur l'instrument. Elle ne devait surtout pas se laisser distraire par le charme de l'artiste…

Ces symboles racontent une histoire, Ivan. Je dois savoir si cette histoire est une tragédie.

CHAPITRE 12

À la fin du numéro, certaine d'avoir obtenu les clichés qu'elle voulait, Prue rangea son matériel dans sa sacoche. Autour d'elle, tout le monde s'agitait, tant sur la piste que dans les coulisses. Le spectacle était fini et Ivan s'était aussitôt volatilisé. Miranda aussi, bien évidemment. Étaient-ils allés nourrir les animaux ensemble avant de retourner se changer dans la roulotte du Tzigane ? Le musicien était-il vraiment le petit ami de l'équilibriste ?

Malgré toutes les rumeurs circulant au sujet du violoniste, il n'avait pas la réputation d'un don Juan et personne n'avait mentionné une quelconque liaison avec Miranda. Il était seulement question du maléfice dont il était victime.

— Heureux de vous trouver encore ici.

Prue fit volte-face et son regard croisa les yeux sombres du beau Tzigane. Son cœur se mit à battre plus fort.

— Votre numéro était fascinant.

Ivan esquissa un sourire timide. Les deux fossettes qui se dessinèrent au coin de ses lèvres la firent craquer.

— Cela me fait plaisir de vous l'entendre dire.

Puis, la prenant à part, il murmura :

— Prue, j'ai quelque chose à vous demander.

— Oui ?

— Accepteriez-vous d'être… mon invitée à une soirée organisée par les artistes en l'honneur de Kaboodle ? C'est son anniversaire et…

— Avec joie !

Le visage du jeune homme s'illumina.

— Merveilleux ! Dans ce cas, retrouvez-moi devant ma caravane, disons… vers onze heures.

— Pourquoi si tard ?

Qu'allait-elle bien pouvoir faire, en attendant ?

— J'ai un petit problème à régler. Et sans moi, les clowns ne vous laisseront jamais entrer.

— Je comprends. On se retrouve donc à onze heures.

La jeune femme était aux anges. Le bel Ivan venait de lui donner rendez-vous !

— Prue !

C'était Phoebe qui arrivait avec Jenny et Piper. Il y avait une pointe de reproche dans sa voix. Elle ne semblait pas ravie de surprendre sa sœur en pleine conversation galante avec le violoniste.

— J'arrive.

— Je vous laisse, reprit le musicien. À tout à l'heure. Onze heures, n'oubliez pas.

— Non, bien sûr. À tout à l'heure.

De nouveau, le violoniste se fondit dans la foule qui encombrait les coulisses.

— J'ai bien entendu ? intervint tout à coup Kristin, surgie de nulle part. Il te propose de l'accompagner à une soirée ?

— Oui.

— Quelle chance ! Je donnerais n'importe quoi pour être à ta place.

— C'est juste une soirée, tu sais.

— Mais pas n'importe laquelle ! Tu te rends compte ? C'est rare de se faire inviter à une de leurs fêtes, de voir comment ils vivent. Si je pouvais y être aussi... Prends toutes les notes et les photos que tu pourras. S'ils t'y autorisent, bien entendu.

— Je ferai de mon mieux, promit-elle sans enthousiasme.

La journaliste s'éloigna pour s'entretenir avec M. Amalfi tandis que Prue rejoignait ses sœurs.

— Tu es prête ? lui demanda aussitôt Piper. On y va.

— Hum... en fait, je crois que je vais rester un peu.

— Pourquoi ? interrogea Phoebe.

— Ivan m'a invitée à une soirée et… j'ai accepté, avoua-t-elle en baissant les yeux.

— Tu ne peux pas ! s'écria Jenny. Olga nous a prévenues qu'Ivan portait malheur à tous ceux qui l'approchaient !

Comment dire à Jenny de ne pas croire à ces superstitions alors que je suis moi-même une sorcière ?

Se forçant à rire, elle lui dit sur un ton léger :

— Ne t'inquiète pas, je serai prudente.

— Toi, prudente ! railla Piper. Il te mène par le bout du nez…

— Je ne vois pas ce que tu lui trouves, ajouta Phoebe.

— Je… je n'arrive pas à l'expliquer, avoua Prue avec sincérité.

— On discutera de ça une autre fois, les interrompit Piper en montrant Jenny qui jouait avec les chiens de Mitzi. Il est tard, il faut que je la ramène chez elle.

— D'accord, se résigna Phoebe.

Puis, se tournant vers sa sœur, elle ajouta :

— O.K., on te laisse y aller, mais promets-nous d'être prudente… même si on en doute.

— Comptez sur moi.

Prue avait un peu moins d'une heure à tuer avant de retrouver Ivan. Estimant qu'elle était de trop dans ces coulisses encombrées, elle prit sa sacoche et se fraya un chemin vers les gradins.

Installée au deuxième rang, elle regarda les employés du cirque nettoyer la piste et la préparer pour le spectacle du lendemain. Quelques sièges plus loin, le régisseur prenait des notes sur un gros calepin, tout en parlant dans son casque :

— Il nous faut d'autres filtres bleus, les deux de la gauche sont brûlés... Le signal pendant le numéro du contorsionniste arrive un peu trop tôt... L'orchestre, aussi : qu'il fasse plus attention à Miranda. Avec ce qu'elle fait, il doit la soutenir à cent pour cent. La flûte doit suivre ses mouvements de bras.

La jeune femme était impressionnée. Le spectacle avait beau être parfaitement au point, on en vérifiait tous les soirs chaque détail.

— Au fait, qu'est-ce qui s'est passé avec les clowns ? ajouta l'homme. Il y en a un qui était en retard. Il faudra trouver qui.

Ainsi, l'absence du clown n'était pas prévue. Prue admirait le professionnalisme de ces artistes. Personne, dans le public, n'avait en effet remarqué qu'il manquait un personnage, et leur numéro s'était aussi bien déroulé que la veille.

Une odeur de transpiration et de tabac, mêlée à quelque chose d'indéfinissable, détourna son attention de la piste.

— Qu'est-ce qui ne va pas avec moi ? se lamenta Raphaël en venant s'asseoir derrière elle. J'ai vraiment besoin de conseils. J'ai tout fait pour séduire votre jolie sœur, j'ai même utilisé un charme, mais rien ne marche. Je ne sais plus quoi faire.

Prue étouffa un rire. *Séduire Phoebe*... Et s'il commençait déjà par ne plus se balader avec un boa constrictor autour du cou ?

— C'est la plus jolie fille que j'ai jamais vue ! Et Isabella, mon serpent, a l'air de l'apprécier aussi : elle a laissé Phoebe la caresser sans broncher.

Malgré son visage épais et buriné, ses dents cariées et ses bras couverts de tatouages, Raphaël était vraiment attendrissant.

— Ce n'est pas à cause de vous, le consola la jeune femme. Phoebe sort d'une histoire compliquée et préfère ne pas s'attacher à quelqu'un que son métier appelle à partir toujours ailleurs.

— Vous avez raison. La vie de saltimbanque ne convient pas à toutes les femmes. Et puis, on n'en est qu'au début de la tournée. Il nous reste encore six mois à sillonner les routes du pays.

— Vous voyez ? Je crois que c'est évident : elle ne veut pas se retrouver avec le cœur brisé.

— Oh, ça me ferait trop de peine de lui causer du chagrin. Mais que faites-vous encore ici, mademoiselle ? Le spectacle est fini. Vous ne rentrez pas chez vous ?

— Euh... je... Ivan m'a invitée à l'anniversaire de Kaboodle.

— Ça, on peut dire que c'est un honneur. Mais je comprends qu'il ait succombé à votre charme !

Prue rougit jusqu'aux oreilles. Y avait-il beaucoup de rumeurs sur elle et Ivan ? Si c'était le cas, Miranda devait être furieuse.

— Et où se cache notre beau violoneux ? ajouta-t-il. Ce serait pas encore un coup de sa malchance qui l'empêcherait d'être à l'heure ?

— Non, il m'a dit qu'il avait quelque chose d'important à régler avant. Peut-être avec ses animaux ?

— Bon ! moi, je vais faire un tour chez les clowns avant qu'il n'y ait plus de gâteau.

La jeune femme regarda sa montre. Il était près de onze heures.

— De toute façon, il est temps que j'aille rejoindre Ivan.

Ils remontèrent ensemble la grande allée bordée d'arbres. Il n'y avait pas de lune et les lampadaires du parc, assez espacés, ne fournissaient qu'un faible éclairage. Prue frissonna dans l'air frais de la nuit.

— Je vous accompagne jusqu'à la roulotte d'Ivan, décida Raphaël. Ça m'ennuie que vous traîniez toute seule par ici, sans lampe de poche.

— Merci.

La caravane du violoniste n'était plus très loin et la jeune femme pouvait voir de la lumière par les petites fenêtres.

— Oh, parfait. Il est déjà là.

— Je vais attendre dehors, déclara Raphaël. Histoire d'être sûr que c'est bien lui.

Comme ils s'approchaient lentement, une explosion déchira l'air !

CHAPITRE 13

— Au feu ! hurla Raphaël avant de se précipiter vers le téléphone le plus proche.

En quelques secondes, un attroupement se forma devant la caravane d'Ivan. Des hommes accouraient avec des extincteurs.

— Arrosez les arbres ! cria quelqu'un.

Prue leva la tête. Les flammes s'élevaient si haut qu'elles menaçaient les branches au-dessus de la roulotte. Si celles-ci s'enflammaient à leur tour, l'incendie risquait de se propager dans tout le parc.

La jeune femme remarqua une branche que léchaient les étincelles ; elle concentra son énergie et, d'un imperceptible geste de la main, la brisa et la propulsa au loin.

Tout le camp était sens dessus dessous. La panique avait gagné les artistes qui couraient dans toutes les directions. Chaque fois qu'elle le pouvait,

Prue utilisait ses pouvoirs pour aider ici ou là. Il y avait une telle cohue que personne ne songeait à faire attention à ses mains qui s'agitaient.

Une épaisse fumée s'échappait des fenêtres de la roulotte. Ivan se trouvait-il à l'intérieur ?

Enfin, au bout de ce qui lui parut une éternité, les pompiers arrivèrent et attaquèrent l'incendie avec des trombes d'eau. Quel ne fut pas son soulagement quand elle aperçut le violoniste, indemne, tout près du feu.

Ce fut au tour des urgences d'arriver, toutes sirènes hurlantes. Des brancardiers s'empressèrent sur les lieux de la catastrophe, sachant très bien que personne n'avait pu survivre dans un tel brasier.

Un cri s'éleva alors, accompagné de murmures consternés.

— Miranda !

On avait retrouvé le corps de l'équilibriste dans la roulotte ! Que faisait-elle là ?

— Pauvre Miranda ! se lamenta une grosse femme. Elle n'a jamais voulu accepter le fait qu'elle n'intéressait pas Ivan.

— Il paraît, ajouta son voisin, qu'il lui avait demandé de le retrouver chez lui, pour qu'ils s'expliquent tous les deux sur ses crises de jalousie.

— Cet Ivan a décidément la poisse, déclara Sacha, le clown au visage de lune. Une seule rencontre avec lui peut être fatale.

— Tais-toi, c'est nul, ce que tu dis ! protesta Kaboodle.

— C'est vrai, renchérit Masha, il n'y a rien de surnaturel dans cet incendie.

— Vous êtes trop naïfs, marmonna alors la vieille Olga. Naïfs et aveugles. Lui aussi. S'il avait accepté mon aide, il n'en serait pas là, ce soir.

— Moi, je crois qu'Ivan devrait partir, dit un autre. Il nous met tous en danger, voilà ce que je pense.

— Si Ivan part, reprit Kaboodle, on se retrouvera sans boulot. C'est lui, la star du spectacle. Les gens ne viennent que pour le voir.

Tous ces commentaires donnaient le vertige à Prue. Si la vision de Phoebe était juste, Ivan serait bien capable d'avoir piégé Miranda. Était-ce cela, le problème important qu'il avait à régler avant leur rendez-vous ?

Non, c'était trop horrible. La jeune femme refusait d'y croire.

Elle regarda du côté de la roulotte. L'incendie était maîtrisé, le camion des urgences reparti, et les pompiers avaient laissé Ivan rentrer chez lui.

Le musicien ressortit de sa caravane, l'air anéanti, son violon serré entre ses mains. Aussi étrange que cela paraisse, l'instrument avait résisté au feu. De là où elle se tenait, Prue n'y voyait pas la moindre trace de roussi.

De plus en plus troublée, la jeune femme ne savait plus quoi penser. Elle n'arrivait pas à accepter la culpabilité du beau Tzigane et, pourtant, tout semblait l'accuser.

— Je n'en peux plus, gémit Phoebe. Et si on faisait une pause ?

— Tu as raison, fit Piper en se frottant les yeux. J'en ai la tête qui tourne.

Depuis leur retour du cirque, réfugiées au grenier, les deux sœurs parcouraient sans relâche le *Livre des Ombres*. Elles avaient trouvé tout un tas de renseignements sur le rôle de la musique dans la magie. Il y en avait des pages et des pages.

— Tous ces pouvoirs sont incroyables, continua Piper en feuilletant d'un air distrait le précieux recueil. Imagine qu'il existe des instruments destinés à te rendre amoureuse ou, au contraire, à te faire oublier que tu l'es. Des instruments destinés à contrôler la météo, à repousser les maléfices ou les attaques psychiques.

Elle poussa un soupir et ajouta :

— Malheureusement, si on est incapables d'interpréter les symboles de ces rites magiques, on ne saura jamais quel pouvoir a le violon d'Ivan. S'il en a un...

— Je suis persuadée que cet instrument ne sert pas seulement à faire de la musique. J'espère qu'il ne servira pas non plus à jeter un sort à Prue !

— Il y a pourtant quelque chose de positif dans le passage que je suis en train de lire, reprit Piper.

— Quelque chose de positif? Raconte!

— Écoute: *Bien des maléfices jetés par ces instruments peuvent être neutralisés par le Pouvoir des Trois.* C'est plutôt bon signe, non?

— Hum... marmonna Phoebe, songeuse. Est-ce qu'Ivan sait que nous sommes trois?

— Je suppose que Prue a dû le lui dire. En tout cas Olga est au courant. Jenny le lui a fait remarquer l'autre jour.

Malgré sa fatigue et l'heure tardive, Phoebe ne pouvait pas aller se coucher. Elle gardait l'espoir de trouver quelque chose, une piste, qui puisse les aider.

Parfois, elle avait l'impression que leur mère les observait à travers le *Livre des Ombres*. Phoebe était si jeune, lors de sa mort, qu'elle n'en gardait qu'un souvenir très flou.

C'était d'elle, de sa grand-mère et de toutes leurs aïcules que les sœurs Halliwell détenaient leurs pouvoirs. Aussi, lorsqu'une page se tournait d'elle-même, ou s'arrêtait sur tel ou tel symbole magique, Phoebe en concluait qu'elle était guidée par la main vigilante de sa mère.

C'était précisément ce qu'elle commençait à sentir en ce moment. Alors qu'elle continuait à feuilleter le livre d'un geste machinal, ses doigts s'arrêtèrent sur une page.

Un dessin représentait une silhouette macabre.

— Beurk ! Qu'est-ce que c'est que ça ?

Piper se pencha par-dessus son épaule.

— On dirait qu'il porte le costume des bohémiens ?

— C'est vrai, à part qu'il aurait besoin de faire un petit tour au pressing.

Il n'y avait pas de légende ni de commentaire. Phoebe examina longuement ce personnage repoussant. Il portait le pantalon et le gilet colorés du costume traditionnel bohémien, mais son visage paraissait décomposé, comme s'il était mort depuis longtemps. Des pans de tissu pendaient au bout de ses bras décharnés, ses doigts étaient noueux et squelettiques, et ses yeux avaient disparu au fond de leurs orbites.

— On dirait le zombie que Prue a vu.

— Il correspond à sa description, en tout cas !

D'une main nerveuse, Phoebe feuilleta les pages suivantes. Il y avait certainement un texte qui accompagnait cette image.

— *Les zombies tziganes*... lut-elle. Waouh ! Ici, on raconte qu'un magicien tzigane assez puissant peut faire appel à un zombie pour accomplir ses sales besognes !

— Est-ce qu'on donne des détails sur ce que cette créature est capable de faire ?

— Attends... Oui, en voilà une liste. Hum... enlèvements, meurtres, cambriolages, incendies...

Écoute : si le magicien est très doué, le zombie peut même l'aider dans la recherche de talismans puissants, tel le Rubis Romani, ou d'autres objets magiques.

— Le Rubis Romani ! s'exclama Piper. C'est la pierre qui procure trois fois plus de pouvoir aux bohémiens. Ivan en a parlé à Prue, tout en prétendant ne pas croire à ces contes de bonnes femmes.

— Je n'arrive toujours pas à comprendre ce qu'elle lui trouve, grogna Phoebe.

— La voyante semblait prendre ces histoires au sérieux, elle, fit remarquer Piper. Tu aurais dû voir sa tête quand Jenny a parlé du rubis devant elle !

— Ooooh, attends ! reprit Phoebe en poursuivant sa lecture. Je crois que je viens de comprendre pourquoi il y a de la magie tzigane dans notre *Livre des Ombres*. Le zombie peut aussi servir à combattre les pouvoirs des *Charmed*. Maintenant, la question est de savoir dans quel but Ivan a fait appel à cette créature.

— Mais est-ce qu'on est sûres que c'est Ivan qui lui donne des ordres ?

— Non. Il est même possible que le violoniste soit sa principale cible...

— C'est vrai, ce dernier est peut-être en danger.

Phoebe laissa échapper un long bâillement.

— Désolée, dit-elle en s'étirant, je crois que je vais aller me coucher. Je suis trop crevée pour continuer à réfléchir ce soir.

— Moi aussi, je suis K.-O. Au dodo !

Quittant le grenier, les deux sœurs regagnèrent leur chambre.

— Pas la peine d'attendre Prue, observa alors Piper. Elle ne sera pas rentrée avant l'aube.

— Si elle rentre…

— C'est malin ! Je ne vais pas pouvoir fermer l'œil de la nuit maintenant !

— Excuse-moi… Espérons seulement que ce sont les charmes d'Ivan et non ses maléfices qui retiennent Prue dehors toute la nuit.

— Là, je suis d'accord avec toi.

CHAPITRE 14

Piper se réveilla en sursaut et s'assit sur son lit. Prue ! Elle ne l'avait pas entendue rentrer.

La jeune femme sentit son estomac se nouer… Elle bondit sur ses pieds et courut vers la chambre de sa sœur. Sans prendre la peine de frapper, elle ouvrit la porte. Ouf, le lit était défait. Prue y avait bien dormi, ne serait-ce que quelques heures.

Mais non ! se rappela-t-elle tout d'un coup. La veille, elles avaient quitté précipitamment la maison ; il était donc possible que ces draps froissés datent de la nuit précédente !

La jeune femme descendit en catastrophe à la cuisine, où elle trouva Phoebe en train de prendre son petit déjeuner.

— Prue… elle n'est pas rentrée à la maison ?

— Il y a un mot… sur le comptoir…

— Ce n'est pas vrai ! s'exclama Piper en le lisant. Un incendie !

— Oui, comme dans ma vision…

Dans son message, leur sœur expliquait que Kristin avait prévu une réunion tôt le matin. À cause de l'incident, le cirque serait envahi par les journalistes. Prue voulait donc être sur place avant la cohue générale. Elle demandait aussi à ses sœurs de ne pas bouger de chez elles, et de ne pas s'inquiéter.

— Elle se jette dans la gueule du loup, et nous, nous ne devons pas nous inquiéter ! railla Piper.

Phoebe avala une longue gorgée de café puis lâcha :

— Pas question de rester ici. Elle est en danger, je le sens.

— Alors, qu'est-ce qu'on fait ?

— On va la tirer de là.

Piper sortit du frigo une bouteille de lait et but directement au goulot.

— On doit lui dire ce qu'on a appris dans le *Livre des Ombres*, fit-elle en refermant le réfrigérateur.

Elles s'habillèrent en vitesse et, au moment de partir, Phoebe se hâta de recopier l'incantation qui devait les aider à combattre le zombie. Au cas où…

À l'entrée, les gardiens les reconnurent et les laissèrent passer sans peine. Phoebe essaierait de trouver Prue, tandis que sa sœur irait questionner la voyante. La vieille femme aurait certainement des tas de choses à leur raconter.

— Olga ?

Aussitôt, un visage sombre et ridé apparut à la porte de la roulotte.

— Ah, voilà la jeune dame qui a deux sœurs.

— Bonjour ! Je viens justement au sujet de l'une d'elles.

La bohémienne se renfrogna.

— Entrez.

Piper la suivit dans la caravane où flottait une âcre odeur de fumée. Olga avait dû fabriquer une potion, car une série de bocaux étaient encore ouverts et des miettes de plantes séchées crissaient sous les pieds.

— La nuit a été terrible, dit-elle en faisant signe à la jeune femme de s'asseoir en face d'elle. Vous avez appris, pour Miranda ? Quelle tristesse ! Quelle honte ! Tout ça, c'est la faute de ce violoniste.

— Pourquoi serait-ce la faute d'Ivan ?

— Parce qu'il a le mal en lui, bien sûr !

— Voilà pourquoi je suis venue vous voir. Ma sœur, Prue, semble très... attachée à Ivan.

La vieille femme leva les bras au ciel.

— Alors son âme tout entière est en danger ! Il va la détruire comme il a détruit Miranda.

Piper s'apprêtait à lui demander des détails, mais Olga lui saisit le bras et enchaîna :

— Je suis soulagée que vous soyez venue me voir, mademoiselle.

— Pourquoi ?

— J'ai vu Ivan entraîner votre sœur dans un endroit isolé, bien au-delà du cirque. J'ai peur de ce qu'il peut lui faire.

— Oh, non !

— Je suis vieille et faible. Je ne pouvais pas arrêter ce démon.

Elle se pencha au-dessus de la table, plongea son regard dans celui de la jeune femme et ajouta d'une voix grave :

— Vous, vous êtes plus forte que moi. Vous avez du pouvoir !

Du pouvoir… Avait-elle deviné quelque chose ?

— Par où sont-ils partis ?

Olga lui indiqua un chemin.

— Merci.

— J'espère que vous n'arriverez pas trop tard, murmura la voyante d'un ton lugubre.

Tout en remontant l'allée qui menait au cirque, Piper aperçut Phoebe qui courait à sa rencontre.

— Je ne l'ai trouvée nulle part ! annonça cette dernière, hors d'haleine.

— Ivan est avec elle. Olga m'a dit où il fallait les chercher.

Les deux sœurs pressèrent le pas, s'enfonçant dans la partie boisée du parc.

Piper frissonna. Cet endroit, si gai d'habitude, lui paraissait sombre et sinistre, aujourd'hui.

— Où peuvent-ils bien être ? Pourquoi Prue a-t-elle accepté de suivre ce type ici ? demanda Phoebe.

— Ils ne doivent plus être très loin.

— Tu ne sens pas quelque chose de bizarre ? comme une odeur de poisson pourri ?

— Oui, c'est horrible.

Une ombre dans les feuillages attira soudain l'attention de Piper. Elle saisit le bras de sa sœur et la força à s'arrêter.

— C'est Ivan ? souffla-t-elle.

— Je ne sais pas.

À cet instant, une longue silhouette surgit des buissons et s'avança dans leur direction, ses bras squelettiques tendues vers elles.

— Le zombie…

— Maintenant, on sait d'où vient cette puanteur. Ce type m'a l'air mort depuis un bout de temps.

Piper était tétanisée.

— Qu'est-ce que tu attends, lui cria Phoebe. Fige-le !

— Oui…

La jeune sorcière se concentra et lança son sort, mais…

— Ça ne marche pas ! s'écria-t-elle en s'accrochant à sa sœur.

— Trois… balbutia le mort vivant d'une voix rauque.

La créature avançait toujours plus près.

— Le sortilège ! Tu as le sortilège ?

— Oh, j'avais oublié ! s'exclama Phoebe en fouillant ses poches d'une main fébrile. Qu'est-ce que j'en ai fait ?

Dépêche toi !

— Ça y est ! s'écria la jeune femme en brandissant un bout de papier plié en quatre.

— Trois... ?

D'une même voix, elles entonnèrent :

Serviteur des ténèbres, instrument de la Bohème
Envoyé pour détruire, débile et cruel,
Nous anéantissons tes ordres,
Nous brisons tes règles.

Piper regarda Phoebe.

— C'est un peu méchant, non ? Le traiter de débile...

— On recommence ! Concentre-toi. Si ça se trouve, le sort n'agit qu'avec le Pouvoir des Trois.

Elles répétèrent l'incantation à plusieurs reprises et, chaque fois, l'énergie magique se renforçait.

Le zombie commença à vaciller. À mesure que leurs voix s'intensifiaient, il semblait se disloquer. Puis son corps s'effondra sur lui-même, et il ne resta plus de lui qu'un tas de poussière fumant.

Les deux sœurs demeurèrent un moment incapables de bouger. Phoebe fut la première à se ressaisir et, glissant le bout de papier dans sa poche, déclara :

— Cette fois, je me rappellerai où je l'ai mis.

— Il avait l'air contrarié qu'on ne soit pas trois, observa Piper. Il a sûrement été envoyé pour neutraliser les *Charmed.*

— C'est pour ça qu'il a hésité. On a eu de la chance ! Vite, retrouvons Prue, à présent !

— Prue ! s'époumonèrent-elles en chœur.

Quand elles déboulèrent dans une clairière, ce qu'elles virent les immobilisa net.

— Tu vois ce que je vois ? murmura Phoebe.

Piper déglutit avec peine.

— Oui.

Il n'y avait ni Ivan ni Prue dans les parages.

Juste un superbe tigre !

CHAPITRE 15

Instinctivement, Piper fit appel à son pouvoir. Le puissant animal, qui s'apprêtait à bondir, fut paralysé en plein élan.

C'est alors qu'un autre fauve apparut entre les arbres. De nouveau, la sorcière concentra son énergie et figea la créature.

— Piper, regarde ! s'écria alors Phoebe en lui indiquant la lisière des bois.

Un ours brun s'acheminait vers elles. Il redressa son énorme tête et poussa un grognement à glacer le sang.

Piper le figea lui aussi. À sa grande surprise, le premier tigre se remit en mouvement, aussitôt imité par le second. Elle eut à peine le temps de les immobiliser que, cette fois, c'était un lion qui émergeait des bois.

— Ce sont les animaux d'Ivan ! s'exclama Phoebe. Quelqu'un a ouvert leurs cages !

— Mes pouvoirs n'agissent pas longtemps sur eux. Ils doivent être protégés par un charme !

Les deux sœurs furent bientôt encerclées par une meute d'animaux sauvages. Piper sentait ses pouvoirs diminuer à mesure qu'elle repoussait leur assaut.

— Où peut bien être Prue ? demanda Phoebe. J'espère qu'on n'est pas arrivées trop tard !

— J'ai besoin de me concentrer. À toi de trouver comment on pourra sortir d'ici entières !

L'aînée des Halliwell et Ivan débouchèrent alors d'un sentier.

J'ai compris ! songea Piper, horrifiée. *Ivan s'apprêtait à offrir Prue en pâture à ses bêtes !*

— Prue, va-t'en vite ! Cours !

Profitant de la stupéfaction du Tzigane, elle le figea net.

— Va-t'en, hurla Phoebe, sinon tu vas servir de dîner aux animaux !

— Quoi... ?

— Je ne vais pas pouvoir les garder longtemps comme ça ! reprit Piper. Va-t'en d'ici !

— Qu'est-ce que vous racontez ! rétorqua Prue.

L'air se mettait à ondoyer autour du violoniste ; il allait se réveiller !

— Garde un œil sur lui ! ordonna Piper à Phoebe. Moi, je m'occupe des animaux.

Mais déjà, Ivan se ruait sur Piper.

Ce fut au tour de Prue d'intervenir.

— Arrière !

Projeté dans les airs, le violoniste retomba dans les fourrés.

— Ne restons pas ici, les filles ! ordonna Prue à ses sœurs.

Elles s'enfoncèrent dans les bois. Après une course effrénée, elles atteignirent enfin les premières caravanes, puis remontèrent en courant les allées de stands sans s'arrêter. Elles foncèrent dans la direction du parking, indifférentes aux regards médusés des badauds qu'elles ne manquèrent pas de bousculer au passage.

Elles ne se sentirent en sécurité qu'une fois dans la voiture de Prue, quand celle-ci démarra en trombe et s'éloigna dans un crissement de pneus.

— Tu me crois, maintenant ? lui demanda Phoebe après avoir repris son souffle. Ivan porte malheur !

— Je dois reconnaître que ça en a tout l'air.

La pauvre semblait affreusement déçue…

— Ses animaux étaient protégés par un charme anti-sorcières, affirma Piper. Mes pouvoirs n'étaient pas très efficaces contre eux.

— Qu'est-ce qu'il cherche ? s'interrogea Prue, les mains agrippées au volant. À quoi joue-t-il ? J'aimerais bien le savoir…

— Que cherchent un démon ou un sorcier, d'après toi ? railla Phoebe. Ils veulent notre mort, c'est aussi bête que ça.

Piper lui jeta un regard noir. Parfois, sa jeune sœur manquait de délicatesse.

— Quoi ! Je sais que c'est dur à entendre, pourtant c'est la vérité.

— Désolée, les filles. Je vous ai toutes les deux mises en danger. Mais franchement, Ivan avait... si peu l'air d'un démon.

— Je sais, ma chérie, lui dit Piper. Nous-mêmes, nous ne comprenons pas ce qui se passe. Si ça se trouve, Ivan est victime d'un sortilège.

— Heureusement, en tout cas, que ma vision ne s'est pas réalisée.

— Tu oublies celle de l'incendie.

— Oui, c'est vrai. La brosse à cheveux que j'ai prise dans mes mains devait appartenir à Miranda. La pauvre, c'est moche, tout de même, ce qui lui est arrivé.

Une fois à la maison, Piper continuait à se demander comment il était possible qu'Ivan soit responsable de la mort de l'équilibriste. Et à voir la mine dépitée de Prue, elle sut que sa sœur se posait la même question.

— Avec les photos que j'ai prises, on obtiendra peut-être quelques réponses.

— Oui, bonne idée ! s'exclama Phoebe. On descend tout de suite les développer.

Tandis que, dans la chambre noire, elles attendaient le résultat des agrandissements, Piper raconta à son aînée ce qu'elles avaient découvert dans le *Livre des Ombres*.

— Ainsi Ivan pourrait transmettre son pouvoir à son violon ?

— Ou bien le violon a son propre pouvoir et manipule Ivan, suggéra Piper.

Une lueur d'espoir illumina le regard de Prue. Et si le beau Tzigane n'était pas le personnage diabolique que tous, même ses sœurs, le soupçonnaient d'être ?

Piper, de son côté, pensait que le violoniste essayait peut-être de voler à Olga ses pouvoirs. D'où la peur panique de la vieille bohémienne. De toute évidence, il y avait un lien entre eux deux.

— Il faut savoir maintenant ce que ces symboles veulent dire, déclara-t-elle.

Prue faisait les cent pas entre les bacs de développement et la minuterie. Enfin, lorsque la sonnerie retentit, la jeune femme s'empressa de sortir les photos pour les passer sous l'eau.

— Elles sont prêtes.

À l'aide de deux pinces, elle saisit la première photo développée et la fixa sur le fil tendu au-dessus de la table.

— C'est assez net, commenta Piper. On devrait pouvoir comparer ces clichés avec les images du *Livre des Ombres*.

— Et ça, qu'est-ce que c'est ? demanda Phoebe

en apercevant d'autres épreuves qui attendaient dans le bac de rinçage.

— Oh, je les ai prises dans la loge d'Ivan. Ce sont toujours les symboles figurant au dos du violon, mais sous un autre angle. Je les ai même agrandis pour qu'ils soient plus faciles à déchiffrer.

Un par un, Prue accrocha les agrandissements sur le fil afin de les laisser sécher.

— Hé… dis donc ! s'écria soudain Phoebe.

— Quoi ? fit Piper.

Phoebe prit délicatement la photo entre ses doigts et la regarda de plus près.

— Prue, tu as fait ces clichés dans la loge d'Ivan, c'est bien ça ?

— Oui, pendant qu'il se préparait pour son numéro.

— Cette pendule au-dessus de sa commode, elle est à l'heure ?

— Je crois, oui. Je n'ai pas vérifié. Pourquoi ?

— Attends, intervint Piper, il y a des gros plans de sa montre pendant son numéro. On peut les comparer.

Toutes les trois se précipitèrent sur les clichés pris sur la piste, durant le spectacle.

— O.K., reprit Phoebe, procédons par ordre. Dans la loge, pendant qu'Ivan se prépare, il est huit heures du soir, en imaginant que cette pendule soit à l'heure. Et pendant qu'il est en scène, sa montre indique huit heures dix, en admettant aussi que celle-là soit juste, bien entendu. On est d'accord, pour le moment ?

— On devrait retrouver l'heure exacte sur les négatifs.

— Attendez, cela ne colle pas ! l'interrompit Phoebe. Parce que moi, je peux vous assurer qu'à huit heures dix Ivan était dans sa roulotte, en train de me hurler dessus !

Les trois sœurs se regardèrent, interloquées.

— Ce n'est pas possible, je... je ne l'ai pas quitté d'une semelle, avoua Prue. Voyons... Laissez-moi réfléchir. J'avais réglé ma montre sur la pendule de sa loge, cet après-midi-là...

— Et je t'ai demandé l'heure avant qu'on se sépare ! précisa Piper. Et toi, Phoebe, je t'ai donné l'heure ensuite, tu te souviens ?

— Parfaitement. On était toutes les trois synchrones avec Ivan.

— Cela veut dire qu'il se trouvait sur la piste pour son numéro, et en même temps dans sa roulotte en train de surprendre Phoebe ! Intéressant... murmura Piper.

Se tournant vers Prue, elle ajouta :

— Tu crois qu'il peut faire de la projection astrale, comme toi ?

— Je ne pense pas, mais après tout, je n'en sais rien.

— Est-ce qu'il aurait un frère jumeau ? hasarda Phoebe.

— Il me l'aurait dit, je crois. Il m'a beaucoup parlé de sa famille.

— Et les gens du cirque auraient été trop contents de nous l'apprendre, renchérit Phoebe.

— Peut-être qu'il a un jumeau, et que tout le monde l'ignore, suggéra Piper. Même Ivan...

— Tu veux dire qu'il y aurait un second Ivan, un frère secret ? s'étonna Phoebe. Et ce serait lui qui porterait malheur à notre violoniste ? Ce serait lui aussi que j'aurais vu, dans ma vision, en train de t'étrangler ?

— C'est Dr Jekyll et Mr. Hyde, votre histoire, observa Prue avec une moue. On aurait affaire à deux hommes différents ?

— Tu en as la preuve sous les yeux, insista Piper. Le violoniste à huit heures dix sur la piste, et l'étrangleur à huit heures dix dans la roulotte ! C'est clair !

— Les filles, intervint alors Phoebe, ce n'est pas en restant ici qu'on résoudra notre problème. Je crois qu'il est temps de continuer nos recherches. Allons consulter le *Livre des Ombres* !

Emportant les photos, les trois Halliwell grimpèrent au grenier. Piper toucha à peine l'épais volume qu'il s'ouvrit pile à la page des symboles.

— Merci, souffla-t-elle en levant les yeux vers le ciel.

Prue étudia longuement les différents dessins puis déclara :

— Les gravures de l'archet sont une formule magique qui donne un pouvoir sur les animaux.

— Waouh ! s'écria Phoebe. Le bel Ivan n'a donc aucun mérite !

— Il a pu se servir de l'instrument pour ordonner aux animaux de nous attaquer, fit remarquer Piper.

— Peut-être... murmura Prue avant de se replonger dans l'étude des symboles. En fait, les motifs gravés au dos du violon modifient la formule de l'archet, de sorte que ça constitue à la fois une protection et un avertissement.

— Qu'est-ce que tu veux dire ?

— Le pouvoir exercé sur les animaux dépend de la nature du musicien. C'est logique. Les animaux obéissent au gentil Ivan que je connais.

— Et ils nous ont attaquées parce qu'ils obéissaient au méchant Ivan que j'ai rencontré, enchaîna Phoebe. Ça tient debout...

— Mais il n'avait pas son violon avec lui à ce moment-là, objecta Prue.

— Ce qui confirme qu'ils sont bien deux, déclara Piper.

— J'ai vu Ivan le ranger dans le coffre de M. Amalfi. Il y fait très attention, maintenant.

— Attendez, fit soudain Piper, il y a autre chose : le pouvoir ne suit le violon que si celui-ci est librement offert à son nouveau propriétaire. Sinon, l'instrument retourne d'office à son ancien maître.

— Tout s'explique ! L'autre soir, Ivan m'a confié qu'on lui avait volé son instrument. Il le cherchait partout quand le violon s'est soudain matérialisé dans sa roulotte pendant que j'y étais...

— Est-ce que le *Livre des Ombres* en dit plus ? s'enquit Phoebe.

— Oui, je crois, fit Piper. Voilà : si le propriétaire du violon vient à mourir, l'instrument et ses pouvoirs vont au premier membre de la famille qui le touche.

— Laisse-moi voir ça, fit Phoebe.

— Je crois qu'on peut avoir une idée de ce qui se trame, conclut Piper en s'écartant pour laisser la place à sa sœur. Ivan a vraiment un frère jumeau. Et ce dernier veut le violon.

— Voyons s'il y a d'autres explications, s'impatienta Phoebe en feuilletant le volume avec nervosité. Oh, voilà !

— Quoi ? s'inquiéta Prue.

— C'est sur les croyances tziganes. Un peu tout ce qu'Ivan t'a raconté : les formules magiques pour l'amour, le Rubis Romani...

— C'est vrai, se rappela Piper, la pierre au triple pouvoir ! Olga m'en a parlé, aussi. Elle doit avoir une importance folle dans leurs rites.

— Tout ça, c'est passionnant, constata Prue. Mais ce que je me demande, c'est pourquoi quelqu'un veut absolument mettre la main sur ce violon. Quel est l'intérêt de charmer des tigres et des lions ?

— J'ai trouvé ! s'écria Phoebe en tapotant la page qu'elle venait de tourner.

Ses deux sœurs se penchèrent sur le vieux grimoire et y découvrirent une créature monstrueuse au buste de lion et aux pattes de lézard géant. Elle n'avait pas moins de douze yeux féroces, des crocs acérés et une série de pointes en corne autour du cou. Un rictus ignoble déformait sa face de dragon.

Le mot *Loriathian* apparaissait en légende sous l'illustration.

— Ce n'est pas pour dompter les tigres que ce violon est convoité. C'est pour contrôler le Loriathian.

CHAPITRE 16

Prue ne pouvait détacher les yeux de l'horrible image.

— Pour quelle raison chercherait-on à contrôler ce... cette chose ?

Piper poursuivit sa lecture.

— *Sur le plan astral, le Loriathian est le gardien du Rubis Romani. Le seul moyen d'entrer en possession de la pierre est de distraire la créature, de l'anéantir ou de la tuer. Aucun bohémien, jusqu'à ce jour, n'en a été capable. Et cela, depuis plus de cinq cents ans.*

— Alors, si je comprends bien, celui qui veut le violon espère l'utiliser pour anéantir le Loriathian, ou le charmer le temps de lui dérober la pierre ?

— Cela explique les rumeurs au sujet d'Ivan, ajouta Phoebe. Le mauvais œil dont il est victime serait dû au fait que quelqu'un essaie de lui voler son instrument...

— … ou essaie de lui faire assez peur pour qu'il s'en débarrasse, enchaîna Prue. D'après lui, Olga le persuade de lui donner son violon pour qu'elle le désenvoûte.

— Ainsi, continua Piper, le pouvoir de l'instrument lui serait transmis d'office, puisqu'il le lui donnerait librement.

— Olga… reprit Phoebe, pensive. Elle est bohémienne, elle connaît l'histoire du Rubis Romani. Elle est sûrement derrière tout ça.

— C'est elle aussi qui nous a envoyées chercher Prue dans la clairière, rappela Piper. Elle nous a jetées dans la fosse aux lions, si j'ose dire. Vous savez, elle a dû deviner qu'on était les *Charmed*. C'est donc elle qui a tout fait pour que notre pouvoir n'agisse pas sur les animaux.

— Dans quel but ? Elle ne peut tout de même pas prendre la place d'Ivan ?

— Bien sûr que non, répondit Prue. Mais je l'ai vue traîner près de la piste, pendant qu'Ivan numéro deux s'en prenait à toi dans la roulotte.

— Elle a forcément un complice, déclara Phoebe. Il s'agit à présent de découvrir qui.

— Je crois en connaître au moins un, annonça Piper. Le zombie.

Elle raconta à sa sœur aînée leur rencontre avec le mort vivant, dans les bois.

— Ils ont dû mettre le feu à la roulotte d'Ivan, espérant qu'il s'y trouverait, reprit Phoebe. Tout en sachant, bien entendu, que le violon résisterait aux flammes.

— Et, à la place, ils ont tué Miranda, compléta Prue. Il faut absolument avertir Ivan ! Et... mon Dieu, on l'a laissé là-bas ! Je l'ai balancé dans les buissons et on l'a laissé là-bas, avec les fauves en liberté !

— Même sans violon, je suis certaine que les animaux ne lui feront aucun mal, la rassura Phoebe. En revanche, lui qui ne croit pas à la magie doit se demander pourquoi on cherchait tant à contrôler ses bêtes.

— Oui, il faudra le lui expliquer, convint Piper. Maintenant qu'il est en danger, il nous croira peut-être.

— À part Olga, qui peut lui vouloir du mal ? interrogea Prue.

— Si Ivan avait un sosie dans ce cirque, on l'aurait su, d'une manière ou d'une autre, nota Piper.

— Sauf si... ce jumeau se montre sous un autre visage ! s'exclama soudain Prue. Le visage maquillé d'un clown, par exemple.

— On retourne là-bas tout de suite ! décida aussitôt Phoebe. Il faut prévenir Ivan, et il faut trouver qui se cache derrière tout ça.

— Attention, rétorqua Piper, Olga sait qui on est. Elle et ses complices vont être sur leurs gardes.

— Tu as raison, acquiesça Prue. Et on sait jusqu'où ils peuvent aller. Alors, comment agir en restant prudentes ?

— J'ai une idée ! lança Phoebe. Je connais un excellent moyen pour passer inaperçues dans le cirque. (Glissant un bras autour des épaules de sa sœur aînée, elle ajouta :) L'ennui, c'est que tu ne vas pas tellement apprécier...

Déguisées en clowns, les trois sorcières Halliwell purent circuler dans tout le campement sans attirer l'attention.

Il faisait encore nuit ; le jour n'allait cependant pas tarder à se lever. Elles voulaient surprendre les clowns à leur réveil... avant qu'ils ne se maquillent.

Soudain, devant elles, une silhouette masculine se glissa entre les arbres. L'homme portait les bottes ainsi que le pantalon noir moulant du violoniste.

— On le suit, murmura Prue.

Entendant des pas derrière lui, il se retourna. C'était Ivan, qui, à la vue des trois clowns, poursuivit son chemin.

— C'est lequel ? chuchota Phoebe.

— Je ne sais pas. Vérifie dans quelle roulotte il monte. Et, surtout, ne le perds pas de vue.

— Compris, souffla-t-elle. Tu viens avec moi, Piper ?

Prue, quant à elle, concentra toute son énergie pour se projeter astralement dans la caravane des accessoiristes, que M. Amalfi avait mise à la disposition d'Ivan après l'incendie de sa roulotte.

Elle vit le beau Tzigane encore profondément endormi.

Il y en a bien deux !

Prue aurait pu le contempler des heures durant, mais jugea néanmoins plus prudent de disparaître. Elle se concentra pour retourner dans son propre corps. La jeune femme frissonna et rouvrit les yeux en se demandant si elle s'habituerait jamais à ces projections astrales. C'était toujours très troublant de quitter puis de récupérer son enveloppe charnelle.

Mieux valait à présent rejoindre Piper et Phoebe. Alors qu'elle remontait discrètement l'allée, la porte d'une caravane s'ouvrit sur un homme de haute stature, chauve et au nez busqué, et une petite femme rondelette aux cheveux noirs et courts.

Probablement Kaboodle et Masha.

— Tiens, tu as changé de costume ? lança l'homme. Tu devrais me tenir au courant. Ça va forcément modifier ton numéro.

Prise au dépourvu, Prue fit un vague geste de la main.

— Laisse-le tranquille, intervint Masha. Il préfère peut-être en parler à M. Amalfi, avant.

La jeune sorcière acquiesça d'un signe de tête et continua son chemin.

— Ce n'est pas parce que tu es responsable de nous tous que tu dois jouer les dictateurs, reprit la compagne de Kaboodle.

— Bien sûr que non, mais la qualité d'un numéro a beaucoup d'importance pour moi, tu le sais.

— Oui, je sais, je sais… lui dit-elle en le poussant avec gentillesse à l'intérieur.

Prue fut soulagée de retrouver ses sœurs un peu plus loin.

— Ivan dormait paisiblement dans sa caravane, leur apprit-elle aussitôt.

— Nous avons démasqué son double ! lui annonça Piper. Tu te rappelles, ce clown à la face de lune prénommé Sacha ? On l'a suivi jusqu'à sa roulotte.

— Et devine qui l'y attendait ? enchaîna Phoebe.

— Olga, j'imagine.

— Gagné ! À présent, on est sûres que ces deux-là sont de mèche.

— Et parents, aussi, précisa Piper. J'ai entendu Ivan – je veux dire, Sacha – l'appeler Mama Olga.

— Bon, que fait-on maintenant ? dit Phoebe.

— Et si on mettait Ivan au courant de tout ce que nous avons découvert ? Il connaît peut-être des traditions bohémiennes qui pourraient nous aider, suggéra Prue.

— À condition qu'il accepte de croire toutes ces « superstitions », remarqua très justement Phoebe.

— Il y sera bien obligé. J'aurais juste préféré qu'il ne me voie pas dans cet accoutrement…

Prue conduisit ses sœurs jusqu'à la caravane du violoniste. Le soleil était levé et les trois filles furent surprises de constater avec quelle vitesse le cirque se réveillait. Tous s'activaient ici et là, installant les stands ou faisant la queue devant la cantine.

Prue frappa à la porte de la roulotte d'Ivan et attendit, le cœur battant.

— Entrez, répondit une voix ensommeillée.

L'endroit était encombré de câbles et d'accessoires de toutes sortes. Au milieu de ce bric-à-brac, elles découvrirent le musicien, torse nu, assis sur une caisse, en train de boire un bol de café fumant. À portée de main se trouvaient le violon et l'archet.

— Qu'est-ce que… vous voulez ? s'étonna-t-il en voyant débarquer ces étranges visiteurs.

— Ivan, c'est moi, Prue.

Il la dévisagea, interloqué, puis éclata de rire.

— Vous avez attrapé le virus du cirque ?

— Non, répondit la jeune femme avec gravité. C'est très sérieux, Ivan… malgré les apparences.

Elle se lança alors dans l'explication détaillée de tout ce qu'elles avaient découvert sur le Rubis Romani, le zombie, l'incendie, les symboles sur le violon, ses animaux envoûtés… Bref, elle lui avoua qu'elles étaient sorcières et avaient la certitude qu'on en voulait à sa vie !

— Vous croyez donc que mon talent n'a rien à voir avec tout ça ? Vous croyez que... mon numéro avec les animaux n'est qu'une supercherie ? que le violon joue tout seul ?

Le chagrin qui se lisait sur son visage brisa le cœur de Prue. Elle lui prit les mains et murmura :

— Ne dis pas ça, Ivan. Tu joues merveilleusement bien.

Il se leva et tourna le dos aux trois clowns. Il avait l'air si abattu !

— Rien n'est simple en magie, renchérit Phoebe. Croyez-nous, Ivan, on s'en est aperçues à nos dépens.

— Et je t'ai vu faire avec les animaux, quand tu ne joues pas. Tu as un don exceptionnel.

Le Tzigane baissa la tête et ses épaules s'affaissèrent.

— Écoutez, Ivan. Je sais que ces révélations vous sont pénibles, mais il faut qu'on règle ce problème au plus vite, reprit Phoebe.

— Je n'ai jamais cru à toutes ces superstitions. Pourtant je sais reconnaître ce que j'ai vu, hier, dans les bois... et comment j'ai atterri dans les buissons.

— Désolée.

— Non, tu as eu raison d'agir ainsi. Tu protégeais tes sœurs. Comment pouvais-tu deviner que je n'étais pas le terrible étrangleur de la vision de Phoebe ?

— Vous savez, intervint Piper, je peux vous assurer que Prue a toujours été de votre côté. Excepté, peut-être, cette petite minute dans la clairière.

— Merci, dit le violoniste en prenant les mains de Prue entre les siennes. Mais vous avez raison, Phoebe, nous avons un problème urgent à régler.

— Est-ce que vous connaissez la légende du Rubis Romani, ou celle du Loriathian ? hasarda alors Piper.

— Est-ce que vous savez si vous pourriez avoir un frère jumeau ? enchaîna Phoebe.

— Qui est Olga pour toi, exactement ?

Le jeune homme ne sut à qui répondre en premier.

— Olga ? Une cousine très lointaine, pas plus. Nous parlons le même dialecte.

— Quoi encore ? insista Prue. Il faut absolument nous aider, Ivan.

Il réfléchit un moment.

— Il y a une superstition, chez les Tziganes, qui ordonne d'élever séparément deux jumeaux.

— Ça expliquerait tout ! s'exclama Phoebe.

— Je n'imagine pas mes parents obéissant à ce genre de coutumes barbares.

— C'est sans doute le fait de devoir abandonner un bébé qui les aura forcés à tourner le dos à ces traditions, suggéra Prue.

— Peut-être, admit Ivan avec tristesse. Et cela expliquerait pourquoi Olga connaissait l'existence du violon magique.

— Alors, qu'est-ce qu'on fait, maintenant ? demanda l'aînée des Halliwell à ses sœurs.

Puis elle se tourna vers le musicien et ce qu'elle vit la stupéfia. Son instrument à la main, il semblait se consumer en un lumineux chatoiement. Les lignes de son corps devenaient floues, et des boules d'énergie incandescentes dansaient autour de lui.

— Ivan !

Un vrombissement emplit la pièce et un tourbillon envoya tout voler à travers la caravane.

— Qu'est-ce qui se passe ? glapit Piper en se jetant par terre.

— Je ne sais pas ! cria Prue.

— Ivan ! On dirait que son corps éclate en mille morceaux ! s'exclama Phoebe.

— S'il s'en va quelque part, je vais avec lui ! lança Prue.

La jeune femme se projeta dans le vortex magique qui enveloppait le violoniste et s'agrippa à son bras de toutes ses forces.

CHAPITRE 17

Prue baignait dans une lumière irréelle, angoissante. Elle avait l'impression de flotter.

Elle distingua Ivan, Sacha et Olga dans un halo laiteux.

Et le Loriathian.

La créature hideuse se tenait au centre d'un cercle aveuglant. Ses douze yeux étincelaient comme des pierres précieuses, entre ses crocs sifflait une langue fourchue.

Le monstre semblait attendre.

— Qu'est-ce que vous faites là ? hurla soudain Olga à l'adresse de Prue et d'Ivan.

Mais ses lèvres n'avaient pas bougé. Prue en déduisit que la communication se faisait par télépathie.

— Nous sommes venus pour vous empêcher de nuire.

La bohémienne émit un rire rauque et cruel, qui fit ondoyer l'espace mouvant qui les entourait.

— Pourquoi ? supplia soudain Ivan, tourné vers Sacha. Dis-moi pourquoi ? Qui es-tu ? Pourquoi me ressembles-tu ?

— Ivan, je te présente ton frère, déclara la voyante.

Le violoniste fut projeté en arrière, comme balayé par la violence de ces paroles. Instinctivement, Prue lui tendit une main à laquelle il s'agrippa avec force. À ce contact, elle devina la détermination qui l'animait. Sa paume se fit plus chaude dans la sienne et, en quelques secondes, elle sentit sa poigne s'affermir.

— Je crois qu'il est temps de t'apprendre la vérité, continua Olga. Tu vas nous être d'une grande utilité.

Sa longue chevelure d'ébène flottait autour d'elle et, comme elle rejetait la tête en arrière, des ondes scintillantes s'éloignèrent en un cercle qui parut s'agrandir jusqu'à l'infini. Ne perdant aucun de ses gestes, Prue s'efforçait de comprendre le mystère de l'énergie qui les enveloppait tous.

— Suivant la tradition familiale, on vous a séparés, toi et ton frère, dès votre naissance. Sacha m'a été confié. Ta mère en est morte de chagrin !

Un affreux rictus lui tordit la bouche et Prue sentit Ivan se raidir de colère. Par la pensée, elle l'exhorta à garder son sang-froid.

— Sacha s'est vu privé de son héritage. On a gaspillé la magie de ce violon en te l'offrant. Jamais tu n'as compris quel pouvoir il possédait. Ta famille a tourné le dos aux arts obscurs, pas la mienne !

Nous avons travaillé durant des générations à perfectionner nos talents de magiciens. Nous seuls méritons ce violon !

Prue hasarda un coup d'œil vers le Loriathian. Il ne bougeait pas, pourtant elle sentait sa puissance démoniaque prête à se déchaîner. Il attendait le moment opportun pour agir, et elle savait qu'elle devait en faire autant.

Elle examina alors Sacha. Muet, il était manifestement sous le joug d'Olga.

— Écoute ! gronda la vieille femme. Tu peux encore te joindre à moi et ensemble nous nous procurerons pouvoir et richesse. En jouant de cet instrument, tu vas charmer le Loriathian, et me permettre ainsi de prendre possession du Rubis Romani.

— Ne compte pas sur moi ! s'écria Ivan.

— Je veux cette pierre ! hurla Olga. Une fois mes pouvoirs multipliés par trois, j'obtiendrai le respect de toutes les familles. Tous, vous me craindrez ! Personne ne pourra plus m'arrêter !

— Je n'en ferai rien. Je ne t'aiderai pas.

Tendant alors le violon à Sacha, il lui dit :

— Prends-le. Je te le donne librement. Je n'ai rien à faire avec vous. Prenez possession de ce rubis, je m'en moque.

— Non ! protesta Prue. Tu ne comprends pas ? Il ne faut pas qu'ils s'en emparent. Ils sont dangereux !

— Tais-toi ! répliqua la voyante. Il a pris la bonne décision. De toute façon, il n'est pas de taille à lutter contre nous. Sacha étant son parent le plus proche, il me suffirait de tuer Ivan, et le violon serait à nous.

— Merci, mon frère, fit Sacha en s'emparant de l'instrument.

— Va, mon fils, lui ordonna la bohémienne. Va chercher ce qui est à moi.

Sacha acquiesça, cala le violon sous son menton et s'avança vers le Loriathian. Puis il commença à jouer.

Le frère jumeau d'Ivan ne manquait pas de talent. La mélodie était claire et harmonieuse. Cependant, chaque note déclenchait dans l'esprit de Prue d'horribles souffrances. Son corps entier se convulsait au rythme de cette étrange musique.

Le Loriathian poussa un rugissement démoniaque. Le monstre se déchaînait à mesure que la mélodie lui parvenait aux oreilles.

D'abord stupéfaite, la jeune femme devina alors ce qui se passait. *Ils ne comprennent pas. Ils ne comprennent pas que le violon reflète l'âme de l'interprète. Sacha est maléfique. La musique qu'il joue n'apaisera pas cette créature. Elle va la rendre enragée !*

Le Loriathian leva sa lourde patte griffue et s'apprêta à l'abattre sur Ivan.

Prue se concentra alors et propulsa l'artiste à plusieurs mètres de la créature… sans manquer de constater qu'ici ses pouvoirs magiques étaient décuplés.

Le monstre poussa un nouveau rugissement tandis que Sacha continuait de jouer. Le jeune homme ne se rendait pas compte qu'il le rendait furieux au lieu de le charmer. Le reptile géant fut alors saisi de convulsions, comme si la musique le rendait malade. Il s'approcha du musicien, ivre de rage.

— Non ! hurla Olga avant de se lancer dans une étrange incantation.

Elle extirpa d'une bourse nouée à sa ceinture des herbes sèches qu'elle jeta sur la créature. Son chant s'éleva encore dans l'espace, et des boules de feu se formèrent dans ses paumes. Elle les envoya sur le Loriathian, l'immobilisant un instant.

Indifférent à ce qui se passait, le musicien continuait de jouer.

Le Loriathian gémissait et s'agitait en tous sens. Il voulait faire taire cette mélodie qui le mettait au supplice.

— Pourquoi est-ce que ça ne marche pas ! rugit Olga.

La créature repartit à l'assaut de Sacha.

— Non ! brailla de nouveau la bohémienne.

Elle psalmodia de nouvelles incantations. Prue se concentra et rassembla toute son énergie pour contrer les pouvoirs d'Olga, détournant les boules de feu que cette dernière décochait sur la bête.

Le monstre en profita pour attraper Sacha de son énorme patte griffue et l'engloutir dans sa gueule béante. Il avala le musicien en deux bouchées... avant de recracher le violon comme s'il lui avait brûlé la gorge.

— Comment as-tu osé ? s'écria la voyante.

Folle de rage, la vieille femme se rua sur Prue. Faisant appel à ses dernières ressources, la jeune sorcière la précipita dans les griffes du Loriathian.

Le reptile saisit la bohémienne et la dévora sans hésiter.

Laissant alors échapper un rugissement monstrueux, il se tourna vers sa prochaine victime.

— Prue ! hurla Ivan. Le violon !

La jeune femme envoya l'instrument vers le Tzigane, qui le saisit au vol et se mit aussitôt à en jouer.

Douce et apaisante, la mélodie commença à faire effet sur le Loriathian. Il se calma peu à peu, entoura de sa queue son corps gigantesque, et se coucha. Bientôt, il s'endormit, ses flancs massifs se soulevant et s'abaissant au rythme de sa respiration.

Au-dessus de la créature apparut alors une pierre flamboyante. Elle tournait lentement sur elle-même et brillait d'un feu intérieur, intense et rougeoyant.

— Le Rubis Romani... murmura Prue.

Main dans la main, Ivan et elle contemplaient le rubis dans l'espace astral.

— Il est si beau ! Tu ne le prends pas ?

— Non. Je ne veux pas de son pouvoir. Tout ce que je désire, je l'ai déjà : mes animaux et ma musique. Cela me suffit.

La jeune femme sourit, peu étonnée de sa réponse.

— Tout est fini, maintenant, soupira le musicien.

— Pas encore. Nous devons trouver le moyen de retourner dans notre monde. C'est la magie d'Olga qui nous a amenés jusqu'ici.

CHAPITRE 18

Ivan dévisagea Prue d'un air angoissé.

— Tu... tu ne sais pas comment nous faire retourner là-bas ?

— Pas de panique. Je pense que si je réussis à te projeter dans mon propre corps, on parviendra à regagner notre monde. J'espère seulement qu'on ne finira pas avec... moi dans ton corps, et toi dans le mien.

— Ce... c'est possible ?

— Non, bien sûr que non, mentit-elle. Allez, passe les bras autour de moi.

— Avec plaisir.

Même sous une forme astrale, il était bon de se sentir dans les bras d'Ivan. Prue se blottit contre lui et ferma les paupières.

— Non, ce n'est pas possible, avoua-t-elle au bout d'un instant. Je n'arriverai jamais à me concentrer comme ça.

À contrecœur, elle s'écarta de lui, referma les yeux et fit appel à toute son énergie pour réinvestir le corps qu'elle possédait dans le monde réel. Un étrange picotement lui parcourut la nuque, puis elle sentit avec soulagement son grotesque accoutrement de clown sous ses doigts.

Ouvrant les paupières, la jeune femme découvrit devant elle le beau visage du Tzigane, qui lui souriait. Ils étaient de nouveau dans la caravane des accessoires, aux côtés de Piper et Phoebe.

— Eh bien, il était temps, lança cette dernière en leur indiquant la fenêtre. C'est la panique, dehors.

Prue regarda par la vitre et lâcha un petit cri de surprise. Les animaux d'Ivan étaient tous figés en position d'attaque. Parmi eux, les gens du cirque, tout aussi immobiles, semblaient prêts à s'étrangler les uns les autres.

— Mais, qu'est-ce qui se passe ici ?

— Aucune idée, répliqua Phoebe. Tout d'un coup, ils sont tous devenus fous. Et méchants. Les animaux ont été les premiers à craquer, et les autres ont suivi.

La musique ! se rappela Prue. *Elle leur est parvenue de là-haut ! Moi aussi, j'en ai ressenti les effets néfastes.*

— Et vous, vous allez bien ? demanda-t-elle à ses sœurs.

— En fait, avoua Phoebe, on commençait à se chamailler, mais il y avait tellement de choses à faire qu'on n'a pas pris le temps de s'entre-tuer.

— Un cirque entier à figer ! se plaignit Piper. Tu penses qu'une fois délivrés, ils recommenceront à se battre ?

— Je crois que j'ai une solution, intervint Ivan.

Calant son violon sous son menton, il sortit et se posta sur le seuil de la caravane. Puis il commença à jouer.

Dès les premières notes, Prue sentit une douce sérénité la gagner. Elle serra la main de ses deux sœurs et, ensemble, elles assistèrent au réveil du cirque. Bercés par la mélodie tzigane, ceux qui s'apprêtaient à se battre se sourirent et tombèrent dans les bras les uns des autres.

Quelques minutes plus tard, tout était redevenu normal.

Prue se tourna alors vers le musicien et lui déclara :

— Entre les mains de Sacha, le violon avait un pouvoir de destruction. Dans les tiennes, il a un effet apaisant.

— Pourtant, je joue la seule musique que je connaisse. Celle que mes parents m'ont enseignée, celle que j'aime, celle à laquelle répondent mes animaux.

— Tu mets tout ton cœur dans ta musique. Voilà la véritable magie !

— Écoute, reprit-il doucement, il faut que j'aille répéter mon numéro. Merci. Merci pour tout.

Il étreignit la jeune femme, l'embrassa sur la joue puis disparut.

Pendant quelques secondes, les sœurs Halliwell restèrent comme pétrifiées, avant de lâcher chacune un profond soupir.

— Oh, mon Dieu ! glapit alors une voix suraiguë.

Kristin, tout excitée, fonçait droit vers elles.

— Vous êtes à croquer, toutes les trois, dans votre déguisement !

Oh, c'est vrai ! J'avais oublié...

— Oui, c'était... euh... pour mieux nous fondre dans la foule, balbutia Prue.

— Je crois qu'on ferait bien d'aller se changer, maintenant, déclara Piper.

— Oui, sinon Kaboodle est capable de nous inclure dans son numéro, ajouta Phoebe.

— À tout à l'heure, Kristin.

On pouvait lire la tristesse et la déception sur le visage de Prue. Phoebe lui passa un bras autour des épaules et murmura :

— Puisque la place de Sacha est vacante, maintenant, tu pourrais le remplacer. Tu as déjà le costume et...

— Pas question ! Je t'ai dit que je n'aimais pas les clowns. Et puis, ces aventures n'ont fait que me confirmer ce que je savais déjà.

— Quoi donc ? demanda Piper.

— Que les gens du cirque sont des êtres à part ! Il vaut mieux les éviter... si on ne veut pas avoir le cœur brisé.

Dans la même collection

Charmed

1. Le pouvoir des trois
2. Le baiser des ténèbres
3. Le sortilège écarlate
4. Quand le passé revient
5. Rituel vaudou
6. Menaces de mort
7. Le violon ensorcelé
8. Le secret des druides
   (à paraître en juin 2003)

Découvre vite

Buffy™
CONTRE LES VAMPIRES

1. La moisson
2. La pluie d'Halloween
3. La lune des coyotes
4. Répétition mortelle
5. La piste des guerriers
6. Les chroniques d'Angel - Vol. I
7. Les chroniques d'Angel - Vol. II
8. Les métamorphoses d'Alex - Vol. I
9. La chasse sauvage
10. Retour au chaos

Composition : Francisco *Compo*
61290 Longny-au-Perche

Impression réalisée sur Presse Offset par

BRODARD & TAUPIN

GROUPE CPI

La Flèche (Sarthe), le 5-02-2003
N° d'impression : 16092

Dépôt légal : février 2003

Imprimé en France

POCKET jeunesse 12, avenue d'Italie • 75627 PARIS Cedex 13

Tél. : 01.44.16.05.00